Großvaters Wahrheiten

Von Ernst Bornemann

Buchbeschreibung:

Dieser Roman behandelt - auf Akten & Fakten aufbauend - die Geschichte eines Jugendlichen in der Zeit der politischen Wende. Das Vermächtnis seines geliebten Großvaters ist Last und Auftrag zugleich, denn dessen Erlebnisse als hoher MfS-Offizier durften erst dreißig Jahre nach seinem Tod veröffentlicht werden. Begleiten sie die Beteiligten in die Wirren des Kalten Krieges, in eine Welt der Spitzel, in eine Welt der Lügen und des Verrats.

Der todkranke, ehemals hoch dekorierte MfS-Offizier »Walther Herzberg« reflektiert sein Leben und Wirken in zwei Diktaturen. Er nimmt seinen Enkel »Sebastian Seemann« (kurz Bastian genannt) mit auf eine Reise in die Vergangenheit. Herzberg beschreibt seine Jugend als Pimpf, seinen weiteren Werdegang bei der Sowjetischen Militäradministration und die steile Karriere beim Ministerium für Staatssicherheit der DDR.

Großvaters Wahrheiten

Im Dienst des MfS

Von Ernst Bornemann

1. Auflage,

© 2019 Ernst Bornemann – alle Rechte vorbehalten. Bibliografische Information der Deutschen Nationalbibliothek: Die Deutsche Nationalbibliothek verzeichnet diese Publikation in der Deutschen Nationalbibliografie; detaillierte bibliografische Daten sind im Internet über dnb.dnb.de abrufbar.

Herstellung und Verlag: BoD – Books on Demand, Norderstedt

ISBN: 9783732284184

Über den Autor:

Ernst Bornemann, wurde 1963 in Uelzen geboren. Nach der Schul- und Berufsausbildung war er viele Jahre im öffentlichen Dienst tätig. Im Landkreis Harburg lernte er berufsbedingt fast jede Polizeidienststelle sowie zahlreiche Tatorte kennen. In den Asservatenkammern deuteten diverse Mordwerkzeuge wie Schusswaffen, Messer, Gifte und stumpfe Gegenstände auf Taten des Grauens hin. Dienstliche Belange führten ihn regelmäßig zum Landeskriminalamt nach Hannover.

Der Transport kriminalpolizeilicher Akten der Kriminalpolizeiinspektion Lüneburg brachte ihn mit Prominenten (z.B. Bernd Herzsprung) aus der Sendereihe SOKO 5113 zusammen. Die teilgeschwärzten Akten dienten damals den Bavaria-Studios als Ideen- und Regievorlage. Dass der Autor während dieser Zeit mindestens drei Dienstwagen zu Schrott fuhr, mögen ihm die Steuern zahlenden Bürger bitte nachträglich nachsehen.

In der Wendezeit zog es Bornemann in den »Nahen Osten«, in die Heimat seiner Vorfahren - mütterlicherseits. Dort im ehemaligen Ostdeutschland war er als Sicherheitsmitarbeiter in militärischen und polizeilichen Strukturen und Liegenschaften tätig.

Es soll nicht unerwähnt bleiben, dass ihm sein chronologisches Fachbuch: »Brücke zur Welt« aus dem Jahre 2008 und die im Vorfeld akribisch geführten Zeitzeugengespräche, Lob und Anerkennung einbrachten.

Seine Forschungen an der BStU in Magdeburg und Berlin und die von ihm aufgebaute Exponate-Sammlung aus dem Reich der Spione, sowie dessen Fachkenntnisse im Bereich der Funk- und Nachrichtentechnik machen ihn zum Kenner der Materie.

Seine Recherchen führten ihn mit Republikflüchtigen wie Dr. Peter Döbler (Flucht über die Ostsee 1971) zusammen. Er sprach mit »Hauptamtlichen MfS-Offizieren« und mit sogenannten IMs, den »Inoffiziellen Mitarbeitern« des Ministeriums für Staatssicherheit der DDR.

Als hilfreich bewertet er seine bestehenden Kontakte zu ehemaligen Mitarbeitern des Auswärtigen Amtes und zu dem damaligen US-amerikanischen Abhörspezialisten Johnny Workman (ARD-Doku: Johnny und die Grenzsoldaten), welcher im Wendland an der Elbe - der Nahtstelle der beiden Weltmächte - seinen Dienst versah.

»Diese unerschöpfliche Quellenlage ist mein Kapital«, so der Autor.

Ein Fetzen Papier

»Hier bist du Opa«, leise fast schleichend betrat Sebastian die alte Scheune. »Was machst du da?« »Arbeiten, ich muss noch arbeiten«, erwiderte Walther Herzberg. »Hm, na gut, dann will ich dich nicht weiter stören«, sprach Bastian - so nannte Opa-Walther ihn immer. »Ach Bastian, du störst doch nicht. Ich habe eben noch ein wenig aufräumen wollen, nichts Wildes, keine große Sache, Sache.« Walther Herzberg hatte eine Macke. Immer wenn ihm etwas peinlich war oder Aufregung im Raume stand, dann wiederholte er Wörter so wie gerade eben, als er »Sache« zweimal sagte.

Sebastian ging ein paar Schritte Richtung Werkbank. Er bemerkte, dass seinem Opa offensichtlich ein paar Schnipsel einer Zeitung oder eines Briefes heruntergefallen sein mussten. Ordentlich, wie er war, bückte er sich und ging damit zum alten Dauerbrandofen. Wie zufällig fiel sein Blick auf einen Fetzen Papier. »Unter Wahrung der Konspiration« stand da geschrieben. »Opa, was ist Konspiration?« Walther Herzberg hatte von Sebastians Hilfsaktion nichts mitbekommen. »Leg ihn weg, sofort« brüllte er! »Lass ihn fallen, ich brauche deine Hilfe nicht.« Sebastian war sehr erschrocken. So hatte er seinen Opa noch nie erlebt. Er rannte aus der Scheune über den frisch gemähten Rasen hinüber zu seinem an der Hauswand lehnenden Fahrrad, fuhr los und grübelte über seinen vermeintlichen Fehler nach. Er strampelte und strampelte. Am alten Postweg machte er halt und setzte sich auf den von ihm geliebten großen Feldstein, um nachzudenken. Doch so sehr er sich auch bemühte, er kam nicht drauf. Was habe ich denn falsch gemacht? Ich wollte doch nur nett sein. Was ist mit Opa los? Ist er genervt? Ich habe doch nur eine einzige Frage gestellt. So hat er mich noch nie behandelt. Und wenn ich mal eine Frage hatte, dann, ja dann, hat er mir immer geholfen. Er hat mir immer alles ruhig und verständlich erklärt. Ich weiß nicht, grübelte er. Was stand da noch auf dem Papierschnipsel? Unter Wahrung der Konspiration?

Langsam ging der Tag zu Ende. Ein frischer Sommerwind setzte ein. Sebastians Lieblingsplatz, der Feldstein, auf dem er so gern saß, war durch die Nachmittagssonne noch angenehm warm. Das liebte Sebastian. Hier zu sitzen, um zu träumen oder um nachzudenken, wie gerade jetzt. Sein Blick auf die Armbanduhr beendete den Ausflug, denn es war Abendbrotzeit.

Etwas verspätet kam Sebastian zurück. Die Fahrradkette war zweimal abgesprungen und ein großer Rostfleck auf seiner Hose verriet das Malheur. Das bemerkte Opa-Walther sofort. Walther Herzberg war ein gebildeter und weltgewandter Mann. Ihm konnte niemand so schnell etwas vormachen.

»Du bist zu spät mein Sohn, ich mag es nicht, wenn du unpünktlich bist«, herrschte Sebastians Vater ihn an. »Setz dich hin und iss!« Sebastian nahm ohne ein Wort Platz. Den Tränen nahe meinte er: »Das ist wohl nicht mein Tag, erst Opa und jetzt du, Vati.«

»Lass den Jungen in Ruhe!«, brüllte Walther aus dem Nachbarzimmer. »Er kann nichts dafür. Siehst du denn den Rostfleck auf seiner Hose nicht? Denk nach! Aber denken war noch nie deine Stärke - oder? Schwiegersöhne kann man sich nicht aussuchen und einen arbeitslosen Schwiegersohn schon gleich gar nicht. Nur gut, dass das Atomkraftwerk Stendal, an dem du mitgebastelt hast, nie ans Netz gegangen ist. Einen großen Schlendrian habt ihr da hingelegt. Alles ohne Sinn und Verstand. Schweinerei. Ihr Dummköpfe!«

Hier herrscht urst dicke Luft, dachte Sebastian. »Habe keinen Hunger«, sagte er, »muss noch für die Schule lernen.« Dann stand er - ohne weitere Worte zu verlieren - auf und ging auf sein Zimmer.

»Aufstehen. Hallo Sebastian. Guten Morgen, es ist halb sieben, du musst zur Schule.« »Guten Morgen Mutti. Ich geh gleich raus zum Schuppen. Das Fahrrad weißt du, mir ist zweimal hintereinander die Kette abgesprungen. Ich werde sie spannen und ölen müssen.« »Ich hörte schon von deinem Pech«, erwiderte sie. »Dein Vater hat mir gestern Abend noch alles erzählt. Lass dir Zeit, er hat sich schon um alles gekümmert. Ist deine Mappe gepackt?« »Klar doch«, antwortete Sebastian. »Wir schreiben heute eine Kurzkontrolle in Sozialkunde.«

»Sag mal Sebastian, worum geht es denn in der Kurzkontrolle?« »Wir sprachen über Demokratie und über all das, was sie ausmacht, wie freie und geheime Wahlen und Pressefreiheit. Ach ja, und dass wir uns einbringen sollen. Unsere ehemalige Pionierleiterin hat auch gesagt, dass man Demokratie, und alles, was dazugehört, nicht einfach so diktieren kann. Man muss sie erlernen. Demokratie lebt hauptsächlich vom Mitmachen. Dann meinte sie noch, dass wir nicht alles kommentarlos hinnehmen sollen; ruhig hinterfragen, nicht alles glauben, so wie früher.« »Aha, eure ehemalige Pionierleiterin hat das gesagt. Ist ja interessant.« »Ja, Frau Dohle, du kennst sie. Sie ist seit zwei Jahren an unserer Schule.« »Soso, erst bringt sie euch den Sozialismus nahe und nun das genaue Gegenteil. Nun gut, ich werde sie auf dem nächsten Elternabend daraufhin ansprechen. Was bringt euch Frau Dohle denn noch so bei, Sebastian?« »Also, Frau Dohle ist zusätzlich auch noch unsere Geschichtslehrerin. Der Unterricht macht wirklich Spaß mit ihr. Sie behandelt uns beinahe wie Erwachsene. Sie nimmt uns ernst. Außerdem können wir zu ihr kommen, hat sie gesagt, wenn es irgendwelche Probleme gibt. Und ich glaube ihr.« »Hat denn deine Lehrerin auch einen Vornamen?« »Na klar, logisch. Mutti, du stellst ja lustige Fragen. Jeder hat doch einen Vornamen. Sie heißt Karola.«

Neben der Sozi-Kurzkontrolle standen Mathe, Geo und Sport auf dem Stundenplan. Mit seinem Fahrrad brauchte Sebastian lediglich siebeneinhalb Minuten bis zur Karl-Marx-Oberschule. Sportlich war er schon immer, das muss man anerkennend zugeben. Und das hatte an der *KMO* durchaus große Vorteile, denn die Unsportlichen bekamen von Lehrer Raimotzki zur Strafe Blumenwasser zu trinken, eine Kopfnuss oder gar einen kompletten Schlüsselbund an den Kopf geworfen.

Es kam die Stunde der Wahrheit. Die Auswertung der Kurzkontrolle stand bevor. Sozialkunde ist ein Lernfach, das wusste Sebastian. Andauernd änderte sich etwas in der großen Politik. Das war im Großen wie im Kleinen so. Ganze Staaten lösten sich in Wohlgefallen auf, und waren auf der politischen Landkarte einfach nicht mehr auffindbar. Auch die kleine DDR sollte nun verschwinden, geschluckt von der mächtigen BRD. Die Soziale Marktwirtschaft wird die Zonies unter ihre Fittiche nehmen, keinem werde es schlechter gehen, hatte der Bundeskanzler Helmut Kohl gesagt. Sebastians Vater ist arbeitslos geworden. Davor wurde er auf »Null-Stunden« gesetzt und nun? Blühende Landschaften? Im nächsten Monat, am 3. Oktober 1990, feiern wir den ersten gemeinsamen Tag der Deutschen Einheit. Dann sind wir endlich richtige Bundis, dachte Sebastian, denn Westgeld gab es bereits seit Anfang Juli.

Frau Dohle betrat das Klassenzimmer. Zackig und zeitgleich standen ihre Schützlinge auf. »Guten Morgen!«,

»Guten Morgen Frau Dohle!« Ein fast militärisches Ritual. Für ihre Schüler war das Aufstehen eine Selbstverständlichkeit. Bei Frau Dohle, so hatten sie sich beratschlagt, wollten sie es beibehalten, denn sie mochten sie.

»Sebastian«, rief Frau Dohle, »vor noch nicht einmal einem Jahr hättest du für das, was du hier geschrieben hast, eine Fünf bekommen. Vielleicht wärst du zur Strafe auch in einem Jugendwerkhof verschwunden. Ich komme daher nicht umhin, dir eine gute Zwei zu geben. Sehr schön, Sebastian. Tolle Arbeit! Hoffentlich habe ich dich jetzt nicht erschreckt?«

Frau Dohle legte gelegentlich ein Bein auf den Stuhl. Dann setzte sie sich obendrauf, sodass nur ein Bein den Boden berührte. So saß sie minutenlang - quasi im halben Schneidersitz - vor ihrer Klasse. Man gab ihr einen Spitznamen. Von einigen Schülern wurde sie daher heimlich »die Einbeinige« genannt.

Im Geschichtsunterricht zeigte sie, dass sie nicht von gestern war. Sie hinterfragte Vieles und gestaltete trotz fehlender aktueller Schulbücher einen zeitgemäßen und spannenden Unterricht. Eine tolle Frau, eine fetzige Lehrerin, sinnierte Sebastian, denn ihre grau-grünen Augen und ihre langen blonden Haare gefielen ihm sehr!

Mit stolzgeschwellter Brust und der Zwei in Sozialkunde ging Sebastian nach Hause. Seine Eltern konnten ihm in Geschi und Sozi nicht weiterhelfen. Sie lebten noch immer in ihrer kleinen, verstaubten DDR, sie jammerten ständig herum. Manchmal betranken sie sich. Dann setzte Sebastian sich wieder auf sein Fahrrad und radelte zu seinem Stein. Dort konnte er versuchen, Klarheit in seine Gedanken- und Gefühlswelt zu bringen. Mit seinen Eltern hätte er nicht tauschen wollen. Vati arbeitslos und Mutti bei einer privaten Versicherung. Wird alles gut gehen? Seine Mutter hatte eine Menge zu sagen, damals. Noch vor sechs Monaten war sie beim Rat der Stadt beschäftigt gewesen. Sie wurde entlassen. Sebastian traute sich nicht, nach den Gründen zu fragen. Vielleicht redet sie darüber, hoffte Sebastian, wenn die passende Zeit dazu gekommen ist.

Was Opa jetzt wohl macht?, rätselte Sebastian. Manchmal bastelte er in der alten Scheune herum. Für ihn baute er eine Simson S-50 neu auf. Das soll sein »Bastian« aber noch nicht wissen. Zur Jugendweihe soll er sie bekommen. Manchmal schloss Opa-Walther von innen ab, damit er sein Bastelwerk vor seinem Lieblingsenkel verstecken konnte. Bastian ließ ihm seine Freude. Irgendwie war es auch seine eigene.

»Schau mal, Opa. Ich habe eine Zwei in Sozialkunde bekommen. Das ist doch was, oder?« »Du willst doch nur deine versprochene Mark für jede Zwei kassieren, richtig?« »Stimmt genau, Opa!« »Ja, Bastian, ich bin zwar alt aber noch nicht senil. Außerdem war ich auch mal jung und hab´s genauso gemacht wie du.«

»Opa, noch vor einem Jahr war es so, dass die Achtklässler in die FDJ durften und das Blauhemd bekamen. Ich hatte mich schon so sehr darauf gefreut, denn von meinem roten Halstuch habe ich mich innerlich schon eine Weile verabschiedet, verstehst du?« Was wird denn jetzt?« »Wer weiß das schon, Bastian. Welche Farben werden demnächst getragen, unter wessen Flagge und mit welchen Symbolen auf Oberarm oder Brust. Ich kann es dir nicht sagen.«

Gestolpert

»Es waren die letzten Kriegstage, Bastian. Meine Freunde und ich trugen das Braunhemd, und wir trugen es mit Stolz, da hat uns unser geliebter Führer Adolf Hitler, an den wir Jungs so sehr glaubten, noch an die Front geschickt. Wir waren halbe Kinder. Für Führer, Volk und Vaterland, eingezogen in einen aussichtslosen Krieg. Beinahe hätte man auch mich verheizt.«

»Mein lieber Bastian, nach dem Krieg habe ich hier im Osten, damals sagte man Ostzone, beim Aufbau der DDR mitgemacht. Der Gedanke an Freiheit, Frieden und Gerechtigkeit ließ mich an einen fairen Neubeginn im Sozialismus glauben. Die Freie Deutsche Jugend, die FDJ, motivierte und mobilisierte tausende junge Menschen zu einem Dienst an einer guten Sache, geführt von der SED, der Sozialistischen Einheitspartei Deutschlands. Ich stolperte, und das habe ich damals gar nicht gemerkt, von der einen Diktatur in eine andere. Es wurde wieder marschiert, Fahnen getragen. Aus Braunhemden wurden Blauhemden. Ja, so war das damals. Es fehlte uns an Lebenserfahrung. Wir waren blind oder naiv, vielleicht beides. Die alten Leute ahnten, was passieren würde. Sie blieben still, denn sie wussten, was mit Querulanten und Andersdenkenden passiert war und was wieder, unter einer sowjetisch geprägten Führung, passieren könnte. Tja, Bastian, nun bin ich selbst ein alter Mann, habe in meinem Leben viel unternommen und ebenso viel unterlassen. Einige meiner damaligen Entscheidungen kann ich heute nicht mehr nachvollziehen. Mit dem Wissen von heute, meiner gewonnenen Lebenserfahrung sehe ich nun manche Dinge ganz anders. So ist es eben. Jeder muss sein Päckchen tragen und damit klarkommen. Siehste, Bastian, nun habe ich dir doch noch einen Vortrag gehalten.« »Schon gut, Opa, es ist schön, dir zuzuhören. Du hast viel erlebt. Du kennst dich aus. Jetzt muss ich das alles erst einmal verdauen. Wenn Mutti und Vati mir etwas nicht erklären können, dann frage ich eben bei dir nach, stimmt´s, Opa?« »Ja genau so machen wir das, Bastian.«

Gesellschaftliches Chaos

In zahlreichen Betrieben und in der Karl-Marx-Oberschule ging es drunter und drüber. Es gab jeden Tag neue Zeitungsmeldungen, neue Enthüllungen in Sachen Stasi und Konsorten. Schon wieder waren Arbeiter, Ingenieure, Ärzte und Lehrer verschwunden.

Gerüchte um deren Stasiverbindungen waren auch Thema in den Lehrerkollektiven. Selbst im Unterricht fand dieses heikle Thema Platz. Besorgte Schüler wollten mehr wissen, um verstehen zu können, was da gerade vor sich ging. Wie war das denn mit der Stasi?

Abb. 1 Bildmitte: Stasispitzel und Schuldirektor Adolf Palme – Deckname »Schule« Schuleinweihung POS Karl-Marx 1978. Quelle: BStU, MfS, KD-Osterburg, Reg. Nr.: VII / 1941/80

Wen konnte, oder durfte man danach befragen? Wer wird uns was erklären können? Wer will das überhaupt?

Das allmächtige und angsteinflößende MfS war in allen Medien präsent, ob in Zeitungen, Zeitschriften, im Radio oder in der Glotze. Alle beschäftigten sich mit dieser, auf Volkes Schultern liegenden Last. Es wurde gemunkelt und getuschelt.

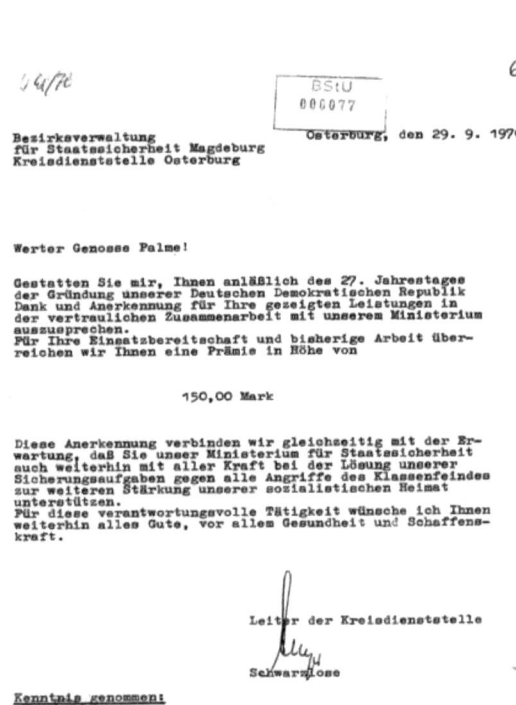

Abb. 2 Quelle: BStU, MfS, KD-Osterburg - Reg.-Nr.: VII / 1941/80

Eine schrecklich spannende und unruhige Zeit zog alle fest in ihren Bann. Sollte man die Einbeinige daraufhin ansprechen? Wie wird sie reagieren? Zwei Mädchen der Klasse, ein Freund und Sohn eines Polizisten, sowie Sebastian selbst waren sich einig. Wir fragen sie. »Dürfen wir Sie mal was fragen, Frau Dohle? Aber nicht böse sein, bitte! Wir brauchen Ihren Rat und Ihre Hilfe. Wir sind stark verunsichert. Vieles, was bis vor kurzem richtig war, ist nun falsch. Einige Eltern unserer Freunde sind jetzt arbeitslos. Viele Werktätige wissen schon, dass ihre Betriebe früher oder später schließen müssen. Dann sind auch sie arbeitslos.« »Ich verstehe eure Sorgen. Lasst mich einen Vorschlag machen«, meinte die Einbeinige. »Wie wäre es, wenn wir uns gemeinsam austauschen. In privater Atmosphäre, nur eure Eltern, ihr und ich. Wäre das etwas für euch? Beratschlagt das mal und lasst mich wissen, was wir machen wollen, ja? Ach, und noch was. Fragt bitte bei den Eltern nach, was sie von der Stasi und ihren Machenschaften mitbekommen haben. Vielleicht kommt ihr so der Sache Stück für Stück näher. Fragt nach, was sie von der Stasi hielten. Was ist mit den Großeltern? Vielleicht hat die Stasi auch in Familien hineingewirkt, wer weiß. Fragt zu Hause nach! Notiert euch bitte ein paar Stichpunkte, die wir privat oder im Unterricht behandeln können. Also bis bald!«

Ein paar Tage später gab Frau Dohle ihren Schützlingen im Geschichtsunterricht folgende Hausaufgabe mit auf den Weg. Sie sollten Zeitungsausschnitte aus den Jahren 1989 und 1990 nach interessanten Meldungen durchforsten. Passende Artikel ausschneiden oder gleich komplette Zeitungen mitbringen. Im *ND*, in der *Jungen Welt*, der *Volksstimme* und in anderen Sprachrohren der ehemaligen DDR-Organe werden sich brauchbare, zu besprechende Hinweise finden lassen. Da war sich die Einbeinige sicher.

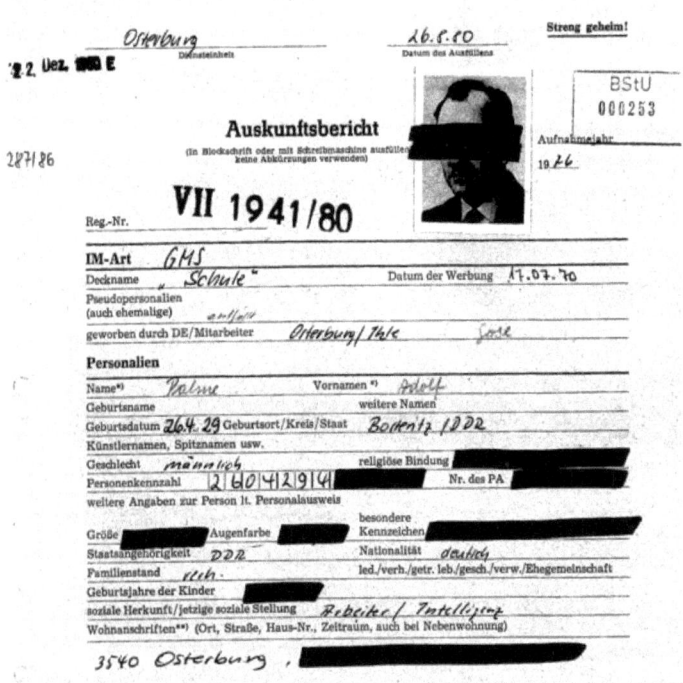

Abb. 3: MfS-Auskunftsbericht: Adolf Palme. Streng geheim!
Quelle: BStU, MfS, KD-Osterburg - Reg.-Nr.: VII / 1941/80

Und in der Tat, allein schon das Thema Staatsbürgerkunde füllte ellenlange Spalten in den aktuellen Tagesausgaben. Aus knallharten Antiimperialisten wurden geschmeidige, smarte Vertreter in modischen Nadelstreifenanzügen. SED-Parteisekretäre mutierten zu aggressiven Vermögensberatern. In nur wenigen Monaten verrieten sie alles, wofür sie früher standhaft eintraten. Sie krochen nach oben und traten nach unten. Wendehälse können gefährlich werden. Weitere Verlautbarungen über die SED-Waldsiedlung Wandlitz, zu Waffenlieferungen und die Aufnahme von, in der Bundesrepublik Deutschland gesuchten, RAF-Terroristen in der DDR, versetzte viele Bürger in Sprachlosigkeit und Wut. Einige fragten sich nun. Hatte man sie betrogen, ausgenutzt, verarscht? Was ist mit den Soli- und Gewerkschaftsbeiträgen für DSF, SED, FDJ, FDGB passiert? Zweck- entfremdet? Es hatte den Anschein!

Schulschluss. Ein Freitag Nachmittag. Die Septembersonne machte Lust auf draußen. An diesem Wochenende wollte Sebastian mit seinen Eltern über das von Frau Dohle vorgegebene Stasi-Thema sprechen. Auf dem Nachhauseweg sinnierte er ein wenig vor sich hin. Er war nicht sicher, ob seine Eltern für dieses Thema überhaupt die Nerven hätten. Beide trugen sich mit Existenzsorgen. Seine Mutter soll für die Versicherung Umsatz machen und sein Vater sucht immer noch krampfhaft nach einer passablen Arbeit in der Region. Trotzdem, sie müssen mir helfen, dachte Sebastian, diese fremde aber spannende neue Welt zu verstehen. Das sind sie mir schuldig. Sie dürfen mich nicht einfach alleine lassen - ohne Antworten auf das Jetzt - und wortlos abtauchen. Das lasse ich nicht zu.

»Mutti?«, »Ja Sebastian, was hast du denn?« »Ich möchte fragen, ob du mir helfen würdest.« »Helfen bei was?« »Na, bei meinen Hausaufgaben, die aktuellen Themen, ich habe dir davon erzählt. Frau Dohle hatte uns doch gebeten, auch mit unseren Eltern darüber zu sprechen.«

»Jetzt reicht es mir aber, Sebastian. Das Leben in der DDR ist doch nicht auf das Thema Stasi zu reduzieren. Sag das deiner Lehrerin und einen schönen Gruß von mir!«

Sebastian hatte eine knappe Antwort erwartet. Gewünscht hatte er sich diese doch recht heftige Reaktion allerdings nicht. Er war ein heller Kopf. Er verstand sehr wohl die Situation seiner Mutter. Nachfühlen konnte er sie nicht - wie auch.

Soll ich Vater fragen, dachte Sebastian. Ein Versuch war es wert. »Vati, darf ich dich mal ... ?«, da wurde Sebastian auch schon unterbrochen. »Jetzt nicht, mein Sohn, du siehst doch! Komme mal nach dem Fußball zu mir, dann nehme ich mir Zeit für dich.« Doch dazu kam es nicht. Kurt Seemann bekam - rein zufällig - Besuch von einem Fußballkumpel. Und dieser hatte zufälligerweise ein paar Flaschen Bier und eine Flasche Goldkrone dabei. Da kommentierten die Bierbäuche auch schon lautstark drauflos. Ein Hochgenuss im wahrsten Sinne des Wortes. Dabei blieb es. Diesen Tag konnte Sebastian, was die erhoffte Hilfe in schulischen Dingen anbetraf, für sich abhaken. Vielleicht hätte an diesem Wochenende sein Opa für ihn Zeit.

Verräterische Aschewolken

Dunkelgraue Rauch- und Aschewolken wiesen den Weg zur alten Scheune. Dort wurde Papier verbrannt. Die Aschepartikel verrieten es jedem Kachel- und Dauerbrandofen geplagten DDR-Bürger. Ein Schelm, wer Böses dabei denkt. Eine geübte Nase konnte derweil noch weitere Brennstoffarten unterscheiden. Stein- oder Braunkohle, Plaste-Beigaben. Man riecht und sieht es. Wohl dem, der mit geschärften Sinnen durchs Leben geht. Sebastian verfügte, trotz seiner Jugend, bereits über analytische Fähigkeiten. Diese fußten mit an Sicherheit grenzender Wahrscheinlichkeit auf das jahrelange Schachspielen mit Opa-Walther. Dieses Lern- und Denktraining half ihm schon oft weiter. Genau diese Geistesgabe bildete eine perfekte Basis bei der Herangehensweise bei Problemstellungen in Mathe, Physik und Chemie.

Sebastian näherte sich der alten Scheune. Die Tür war wie vermutet, von innen mit einem kleinen Metallhaken und einer Öse verriegelt. Die leise Stimme eines Radiomoderators drang bis zur Scheunentür.»Sie hören den Deutschlandsender, es ist zwanzig Uhr, die Nachrichten.«

Er klopfte deutlich hörbar an. »Hallo Opa, ich bin´s. Opa, hallo!« Keine Reaktion. Auch ein erneutes Klopfen brachte keinen Erfolg. Seine Rufe blieben unbeantwortet.

Opa-Walther öffnete nicht. War er eingeschlafen? Sebastian verschwendete keine kostbare Minute. Es müsse etwas Unvorhergesehenes geschehen sein. Er lief zum Haus zurück, ging in den Keller und holte einen bereits zurechtgebogenen Schweißdraht hervor. Dieser diente hauptsächlich zum Aufmachen der Autos, für den Fall, dass seine Mutter mal wieder den Zündschlüssel stecken ließ und alle Türen verriegelt waren. Der Schweißdraht sollte nun für das Öffnen der Scheunentür herhalten und in der Tat, es funktionierte. Das ging zügig und routiniert. Erleichtert betrat Sebastian die verrauchte Scheune. Ein Riesenschreck lähmte seine Gedankenwelt für den Bruchteil einer Sekunde, dann handelte er, wie er es in der Schule während einer Lehrvorführung der SMH, der Schnellen Medizinischen Hilfe, gesehen hatte. Er öffnete zügig eine Dachluke. Sauerstoffmangel! Feuer braucht Sauerstoff, wenn keiner da ist, entsteht Kohlenmonoxyd, ein schleichendes und gefährliches Gift. Opa saß scheinbar schlafend in seinem ausgemustertem Fernsehsessel vor dem Dauerbrandofen. Überall lagen Zettel mit Randnotizen und einige Akten herum. Das Feuer glimmte nur noch lustlos vor sich hin. Opas Liebling lief nun um Hilfe bettelnd zum Haus hinüber. Seine Mutter reagierte sofort. Wenn ein leiblicher Sohn so herzergreifend nach Hilfe ruft, dann muss wirklich etwas Schlimmes geschehen sein. Mutterinstinkte funktionieren immer, egal was vorgefallen war. Beide zogen Opa-Walther aus der Gefahrenzone. Zum Glück, er atmete noch, doch er reagierte weder auf Fragen noch auf das zaghafte Rütteln an seinem Körper. Bereits nach kurzer Zeit näherte sich ein Rettungswagen mit Blaulicht und Sirene. Ein aufmerksamer Nachbar hatte geistesgegenwärtig reagiert, denn ihm blieb, wie immer, nichts verborgen. Er wusste bestens zur linken und zur rechten Seite Bescheid. Im Schlafanzug stand er neugierig da, half, so gut er konnte, denn das war eine Selbstverständlichkeit für den ehemaligen Helfer der Deutschen Volkspolizei. »Es ist schön, wenn man gute Nachbarn hat.« Mit diesen Worten bedankte sich Sebastians Mutter bei Detlef Guderjan, dem VP-Helfer von nebenan. Opa kam nach der Erstversorgung überraschend schnell zu sich. Doch es half alles nichts. Er sollte mit ins Osterburger Krankenhaus. Opas Veto blieb ungehört.

Sebastian nutzte die hektische Situation und ging in die Scheune zurück, um Ordnung zu schaffen. Das Feuer im Dauerbrandofen war wie von Geisterhand gefüttert, zu neuem Leben erwacht. Aufräumen könne nicht schaden, dachte Sebastian. Niemand solle meinen, dass Opa-Walther ein unordentlicher Bürger wäre. Sebastian schloss die noch offene Dachluke und ließ die Scheunentür einen Spalt weit offen stehen. Sicher ist sicher, dachte er. Doch nun war seine Neugier größer als die Müdigkeit. Ins Bett gehen, das war nach diesen aufregenden Minuten undenkbar. Er wollte herausfinden, was Opa so still und heimlich vernichten musste. »VS - Nur für den Dienstgebrauch« stand gut sichtbar auf einem Aktendeckel. Mit leicht zittrigen Händen schaute er Seite um Seite an, las zunächst nur die Überschriften und betrachtete einzelne Statistiken. Opa wäre bestimmt stinksauer, wenn er wüsste, dass sein Lieblingsenkel hier herumschnüffelt. Aber wer sollte ihn verpetzen? Es war ja offensichtlich niemand da. Sebastian fühlte sich unbeobachtet. Er nahm sich die Zeit, um genauer hinzusehen. Wer erstellte hier eigentlich über wen oder was ein Dossier? Was bedeuten die Statistiken? Die erste Akte enthielt diverse Schreiben von einer gewissen Auswerte- und Informationsgruppe der Bezirksverwaltung Magdeburg. Sie enthielt Berichte über bereits erfolgte Kontrolltätigkeiten in der KD-Osterburg. »Ministerium für Staatssicherheit« stand in Großbuchstaben oben drüber. Auf einer der Folgeseiten wurde klar, dass mit KD-Osterburg die Kreisdienststelle des MfS in Osterburg gemeint war. Sebastian fragte sich, was Opa-Walther mit der Stasi zu tun gehabt hat und warum sich die Akten jetzt in seinem Besitz befanden. Geheimdienstunterlagen in unserer Scheune. Wie geht das denn zusammen? Seltsam, dachte Sebastian. Opa war doch früher als Arbeiter tätig. Er fuhr Sonntagabend stets mit der Reichsbahn nach Magdeburg, war dann die ganze Woche dort und erst freitags oder am Sonnabend wieder hier. Wenn Opa-Walther von seiner beruflichen Tätigkeit erzählte, dann fielen stets Begriffe wie SKET-Magdeburg, Schwermaschinenbau und Montageaufträge im In- und Ausland. Ab und zu erwähnte er auch Besuche bei irgendwelchen Zulieferbetrieben und er hätte auch oft mit

Ingenieuren zu tun gehabt. Genau, das waren seine Worte, so hatte Sebastian es in Erinnerung.

Nun saß er ratlos vor diesen Aktenbergen. In einer weiteren Akte mit einem »Streng geheim« - Aufdruck fanden sich Anweisungen für die Gewinnung, Ausbildung und Führung von »IM«, von Inoffiziellen Mitarbeitern des MfS. Dort fielen Begriffe wie Untergrund, Kirche und fehlgeleitete Jugendliche. Politisch-ideologische Diversion ... von diesen Wortschöpfungen hatte er noch nie gehört. Er las viel in seiner Freizeit, aber solche Begriffe waren ihm fremd und unverständlich. Gegen halb zehn Uhr abends fielen ihm die Augen zu. »Es ist spät geworden. Morgen ist ein neuer Tag«, dachte Sebastian. Er legte die Akten wieder genau so ab, wie er sie vorgefunden hatte, schloss die Scheunentür und trottete zum Haus zurück. Mit dem Stern-Radio an seiner Seite, und der Gewissheit, am morgigen Sonnabend weiterlesen zu können, ging er ins Bett und der Freitagabend zu Ende. Schlaftrunken nahm er sich vor, niemandem von Großvaters Geheimnis zu erzählen.

Sebastian genoss das ausgiebige Frühstück mit seiner Mutter. Frische Brötchen, leckere Marmelade und Nudossi gehören ebenso zu einem ordentlichen Frühstück wie Rührei mit Speck und Zwiebeln. Vater ließen sie ausschlafen, da waren sich beide einig. Er würde nur herumnörgeln und schlechte Laune verbreiten. »Was meinst du Sebastian, willst du mit ins Krankenhaus? Opa würde sich freuen.« »Ja, klar, keine Frage!« Moni und Sebastian nahmen den klapprigen 353er Wartburg. Auf der Fahrt zum Krankenhaus sprach seine Mutter - und das war selten genug der Fall - von ihrer Arbeit. »Meine Vorgesetzten meinten neulich, dass ich mit so einem alten Karren nicht mehr zu meinen Kunden fahren könne. Siehst du das auch so, Sebastian?« Noch bevor er darauf antworten konnte, ergänzte sie das soeben Gesagte noch mit dem Zusatz: »Wer eine so alte Kiste fährt, der würde nie Erfolg haben. Was soll ich tun?« »Na ja, ich sehe das so Mutti: Erstens, die alte Kiste ist bezahlt und gepflegt. Das sind schon mal zwei Vorteile. Der dritte Vorteil ist, dass keiner deiner Versicherungskunden sagen kann, dass du dir eine goldene Nase mit deren Beiträgen verdienst. »Würdest du mit so einem neuen West-Wagen vorfahren, dann würden sie sich vielleicht das Maul zerreißen und könnten meinen: Schau, da fahren unsere Versicherungsprämien umher, stimmts?« Moni legte ihre rechte Hand anerkennend auf Sebastians Unterarm. »Ich glaube, du hast recht, außerdem sollten wir unser Erspartes nicht komplett opfern und schon gar nicht für ein neues Auto. Wenn dein Vater wieder Arbeit hat, dann sieht doch alles wieder ein wenig rosiger aus.« Die Minuten der Fahrt vergingen wie im Fluge. Noch beim Aussteigen erinnerte Sebastian seine Mutter an das Abziehen des Zündschlüssels. Das Türschloss auf der Fahrerseite war schon seit Monaten defekt, so dass sie auf der Beifahrerseite aus- und später wieder einsteigen mussten.

Beide wurden im Krankenhaus von Schwester Inge in Empfang genommen. Moni und Schwester Inge gingen früher öfter in die Radieschenbar, um mit ein paar Freundinnen einen zu zwitschern. Man kannte und schätzte sich. »Hallo Moni, hallo Sebastian. Kommt, ich bringe euch zu Opa-Walther.« Schwester Inge ging vorn weg, und während sie über den Flur gingen, meinte sie noch, dass Walther sehr viel Glück hatte. Hätte Sebastian nicht so konsequent und richtig gehandelt, dann wäre es zum Schlimmsten gekommen. Sebastian nahm dieses Lob mit dem angemessenen Ernst entgegen. Ein Gefühl von Stolz kam in ihm hoch, vermischt mit Erleichterung und Dankbarkeit. Im Krankenzimmer schlug ihnen ein Mix aus Blumen- und Medikamentendüften entgegen. Und dennoch, irgend jemand hatte hier geraucht. Walther Herzberg schien zu schlafen. »Bastian, mein Bastian, Moni - schön euch zu sehen. Ich glaube, ich habe Bockmist gebaut«, entfuhr es Walther. Ich kann mich nur daran erinnern, dass ich im Sessel vor dem Ofen saß, dann weiß ich auch nicht mehr.« »Schon gut«, erwiderte Moni, »es ist doch noch einmal alles gut gegangen. Wie geht es dir?« »Meinst du das Essen hier?«, fragte Opa-Walther mit belustigter Mine. »Im Ernst, Schwester Inge kümmert sich rührend um mich ... darf mich also nicht beklagen. Aber wenn die Nachtschwester hier wieder auftaucht, dann werde ich sie töten, denke ich!« »Na na, so schlimm?«, entfuhr es Moni. »Macht euch diesbezüglich man keine Sorgen«, ergänzte Walther, »ihr braucht mich ja noch, oder?« »Klar Opa, wer soll den sonst, also, ich meine ... wer soll denn Muttis Wartburg reparieren, wenn er mal nicht so will, wie er soll.« Um ein Haar wäre ihm herausgerutscht, dass er um die Sache mit der Simson weiß. Sebastian wurde es im Krankenzimmer langweilig, da er nicht ungestört mit Opa reden konnte. Während sich seine Mutter mit ihrem Vater unterhielt, schaute er nach den auf dem Flur von Kindern gemalten, ausgestellten Bildern und Basteleien. Nun verging die Zeit wie im Fluge. Gegen 10 Uhr 30 verließen sie das Krankenhaus. Moni holte mit leicht zittrigen Händen den Wartburgschlüssel aus ihrer erst kürzlich erworbenen graumelierten Handtasche. Die Beifahrertür ächzte und quietschte beim Öffnen. »Also, am Öl liegt es nicht.« Mit dieser zynischen Bemerkung stiegen zuerst Sebastians Mutter und nach dem sie am Steuer Platz genommen hatte - er selbst in den am Krankenhaus stehenden Wagen. In der Straße des Friedens besorgte Moni noch ein paar Lebensmittel fürs Wochenende. Und Bier für Kurti, ist ja klar, ansonsten müsste sie wieder eine kleine Predigt über sich ergehen lassen. Sebastian wartete derweil im Wagen. Er beobachtete das - vor grau erstarrten Häuserwänden - pulsierende Mini-Stadt-Leben. Diese kleine altmärkische Stadt veränderte fast täglich ihr Gesicht. Mit Erschrecken musste er, wie alle anderen Bürger auch, mit ansehen, dass hier und dort Einkaufsmöglichkeiten wie der Konsum und die Kaufhallen für immer ihre Pforten schlossen, einfach dichtmachten, Tag für Tag, Woche für

Woche. Die Leute »machten rüber.« In Lüchow, Lüneburg, Hannover oder Hamburg konnte man augenscheinlich besser leben und bunter sowieso.

Mit einem prall gefüllten Dederon-Netz kam Moni zurück. Sie öffnete die Beifahrertür und bat Sebastian, das Netz auf den Rücksitz zu stellen. Dies tat er auch. Seine Mutter wollte noch mal kurz telefonieren und wäre gleich wieder da. Er blickte ihr noch fragend hinterher. Aber in der Tat, nach einem kurzen Augenblick war sie zurück. Neugierig fragte Sebastian seine Mutter, warum sie denn nicht zuhause telefonieren würde. Das Telefon wäre doch wohl in Ordnung. Nach einem anfänglichen Versuch, dieser Frage und der von Sebastian erhofften Antwort aus dem Weg zu gehen, meinte sie erklärend, dass ihr Kurti sie ständig beim Telefonieren belauschen würde. Das würde richtig nerven und dazwischen quatschen täte er auch immer ... und das ginge den Anrufern auch schon mächtig auf den Zeiger. Im Wagen verteilte sich ein leckerer Duft von knusprigen Goldbroilern. Diese hatte Moni vorhin vorbestellt und jetzt mitgebracht. Nun fahr schon Mutti, dachte Sebastian. Drei Goldbroiler für zwei. Keine schlechte Ausbeute. Sein Vater hatte sich vorhin, nachdem er offensichtlich bemerkte, dass niemand zu Hause war, wieder hingelegt. Sein Frühstück schien er schon zu sich genommen zu haben, denn eine leere Flasche Bier stand vielsagend neben Kurtis Sofa.

Knabenhafte Diversanten

Eine Einschätzung über Opas Aufenthaltsdauer traute Sebastian sich nicht zu. Die zuständigen Schwestern und Ärzte werden schon wissen, wann Opa-Walther wieder nach Hause darf. Die Zeit seiner Abwesenheit sollte nicht ungenutzt verstreichen, dachte sie Sebastian. Er beschloss, noch während er genüsslich am Broiler nagte, nach dem Mittagessen eine Lesezeit in der alten Scheune einzulegen. Unter dem Vorwand, Ordnung schaffen zu wollen, entschuldigte er sich bei seiner Mutter, suchte sich Besen, Handfeger und Kehrblech und entschwand. Mit einem hölzernen, knarrenden Geräusch schloss Sebastian die Scheunentür, nahm den selbst gebogenen Drahthaken in die Hand und schob ihn in die dafür vorgesehene Öse an der Türrahmenleibung. Auf dem Fußboden in Richtung Dauerbrandofen und an der rechten Sesselecke nahe der Armlehne befanden sich kleine rote Flecken. Komisch dachte Sebastian, die sind mir gestern gar nicht aufgefallen. Die Aufregung war offensichtlich zu groß. So ist das im Leben. Manchmal sieht man den Wald vor lauter Bäumen nicht. Diese Formulierung benutzte Opa oft, wenn er feststellte, dass er irgendetwas nicht auf Anhieb finden konnte. Sebastian widmete sich nun, wie geplant, den Akten und den darin verborgenen Geheimnissen. Mit Erstaunen musste er feststellen, dass diese ebenfalls, zumindest was den obersten Aktendeckel betraf, mit roten Flecken versehen waren. Die roten Flecken erinnerten an Blutflecken. Farbe und Form würden passen. Sebastian staunte, denn er war sicher, dass er sich gestern Abend nicht verletzt hatte. Auch Opa-Walther schien keine Verletzung im Sinne einer Blutung gehabt zu haben, denn das hätten er, seine Mutter oder die Rettungskräfte sicher bemerkt. Mit einem mulmigen Gefühl im Bauch nahm Sebastian in Opas Sessel Platz. Das ist ja hier wie beim Polizeiruf 110, wie im Krimi, dachte er. Er beugte sich leicht nach vorn und begutachtete die gespenstische Situation. Die Akte ganz oben auf den Stapel lag gestern Abend nie und nimmer da. Nun nahm er sie in die Hand und begann darin zu lesen. Er klappte den blutverschmierten Aktendeckel auf. Auf der folgenden Seite stand als Verfasser in Schreibmaschinenschrift: Ministerrat der Deutschen Demokratischen Republik. Ministerium für Staatssicherheit. Der Minister. Berlin, den 15. Mai 1966. Oben rechts befanden sich drei Stempelaufdrucke. Einmal mit: Kontrolliert 17. Januar 1969 (14/66) und ein zweiter Stempel: vertrauliche Verschlusssache. MfS 003 Nr. 365/66. 341. Ausfertigung - 28 Blatt, sowie ein dritter Aufdruck mit: Kontrolliert 27.09.1966 gefolgt von einem unleserlichen Namenskürzel sowie einer Unterschrift.

Dienstanweisung Nr. 4/66 zur politisch-operativen Bekämpfung der politisch-ideologischen Diversion und Untergrundtätigkeit unter jugendlichen Personenkreisen in der DDR. Die oben genannte Einleitung war mit einer aus

Gleichheitszeichen gestalteten Unterstreichung versehen. Im Kopfbereich der Seite zwei sowie auf allen Folgeseiten stand: VVS MfS 008-365/66. Sebastian versuchte zu verstehen, was der damalige Generaloberst Mielke und seine Haupt- und inoffiziellen Geheimdienstmitarbeiter zu Papier brachten. Da hieß es auf Seite drei und vier zum Thema Jugendpolitik: die imperialistische Bedrohung, insbesondere die Maßnahmen der westdeutschen Militaristen zur Vorbereitung des verdeckten Krieges gegen die DDR zwingen uns, energischer das Auftreten von kriminellen Gruppierungen Jugendlicher zu unterbinden und vor allen die Ursachen für das Entstehen solcher Herde zu überwinden. Psychologische Angriffe gegen Jugendliche der DDR würden hauptsächlich der organisierten Feindtätigkeiten folgender Organisationen geschuldet sein. Der Bonner Staatsapparat, die westlichen Geheimdienste und deren Agentenzentralen, westdeutsche Film und Starklubs, kirchliche Institutionen, aber vor allem der Westdeutsche Rundfunk, deren Presseorgane sowie das Fernsehen wären für solche Angriffe auf die DDR-Jugend verantwortlich. Durch diese und andere Methoden versuche der Gegner, den Prozess der sozialistischen Erziehung und Bewusstseinsbildung zu hemmen, Misstrauen zwischen Jugend und Staat hervorzurufen und Unglauben an unsere gesellschaftliche Entwicklung zu erzeugen. Als eine weitere Zersetzungsmaßnahme sehe man die dekadente und unmoralische Verbreitung diverser Meinungen an.

Briefkontakte zu westdeutschen Bürgern, Patenschaften zu kirchlichen Institutionen und die Einschleusung westlicher Literaturerzeugnisse, Zeitungen, Zeitschriften und Schallplatten kapitalistischer Herkunft würden die Denkgewohnheiten der DDR-Jugend nachhaltig negativ beeinflussen. Der Einfluss kapitalistischer Handlungen treibe viele Jugendliche in die staatsfeindliche Kriminalität. Dieses produziere Vorbestrafte und Arbeitsscheue bzw. Arbeitsbummelanten, also Jugendliche mit fachlichen und schulischen Defiziten. Diese Fakten machten es erforderlich, dass alle Organe des MfS die Erscheinungsformen der Feindtätigkeit jugendlicher Personenkreise mit größter Wachsamkeit begegnen und alles in ihrer Kraft stehende unternähmen, um den gegnerischen Einfluss zurückzudrängen. Begünstigende Faktoren seien einzuschränken und zu beseitigen, um die sozialistische Entwicklung der DDR-Jugend zu sichern. Sebastian hatte, nachdem er ein paar Zeilen dieser interessanten Ausarbeitung verinnerlicht hatte, Durst bekommen. Er schlich ins Haus und kam mit einem großen Becher Trinkfix zurück. Auf den Folgeseiten der Dienstanweisung der Stasi beschrieb man ausführlich, wie Jugendliche der DDR mit der Problematik westlicher Einflussnahmen zu sensibilisieren seien. Ihnen sollte verdeutlicht werden, dass ihr Staat sie nicht alleine lassen würde und dass eine Zusammenarbeit mit den staatlichen Organen der DDR wichtig sei, um eine zwingend erforderliche Abwehr dieser Machenschaften leisten zu können.

Ab der Seite elf der Anweisung fanden sich Richtlinien und Empfehlungen mit dem Umgang Inoffizieller Mitarbeiter (IM) im Personenkreis jugendlicher DDR Bürger. Da wurde doch tatsächlich von jugendlichen Inoffiziellen Mitarbeitern gesprochen. Sebastian mochte gar nicht so recht an seine Vermutung glauben, dass damit auch schon Jugendliche in seinem Alter gemeint gewesen sein könnten. Jugendliche und Heranwachsende als Spitzel und Zuträger für einen Geheimdienst, für die allmächtige und angsteinflößende Stasi? Beim Lesen bekam er einen trockenen Hals. Das kann nicht sein, dachte Sebastian. Und doch: Da stand es schwarz auf weiß.

Der Minister - Ich weise an: ... zur Einleitung wirksamer vorbeugender Abwehrmaßnahmen sind verstärkt Werbungen von Inoffiziellen Mitarbeitern unter diesen Personenkreisen durchzuführen ... man hat bei den Werbungen davon auszugehen, dass vor allem solche IM geworben werden, die in der Lage sind, in die Konspiration des Gegners einzudringen, um diese zu bearbeiten.

... Inoffizielle Mitarbeiter, die im Zuge der Entlassung aus der NVA, der VP-Bereitschaft und dem Wachregiment des MfS sowie anderen bewaffneten Organen übergeben werden, sind entsprechend ihrer Eignung, ihren Möglichkeiten und Verbindungen zur Bearbeitung jugendlicher Personen einzusetzen. Es ist ein erklärtes Ziel, ein IM-Netz aufzubauen, um eine ständige Kontrolle über Oberschulen, Betriebsberufsschulen, Klubäuser und andere staatliche Einrichtungen zu gewährleisten. Auch in gesellschaftlichen und kulturellen Institutionen sind Schlüsselpositionen zu schaffen und vorhandene Möglichkeiten abzusichern.

In Zusammenarbeit mit der Volkspolizei ist zu sichern, dass gefährdete Jugendliche intensiv bearbeitet werden können. Negative Tendenzen sind zu erfassen und kurzfristig durch wirksame Gegenmaßnahmen mit Zersetzungs- und Auflösungstaktiken wieder in richtige Bahnen zu lenken. Jugendliche, die sich bewusst oder unbewusst vom sozialistischen Erziehungsprozess entfernen oder isolieren, sind durch MfS- und VP-Kräfte (auch ABV und VP-Helfer) mit speziellen Mitteln zu bearbeiten. Es sind geeignete politisch-operative Maßnahmen einzuleiten, um ständig Aufklärungs- und Abwehrmöglichkeiten durchzuführen.

Sebastian schlug sich mit der Hand vor die Stirn. Er war wach, es war kein böser Traum. Die Stasi hatte Angst vor Kindern, Jugendlichen und jungen Erwachsenen? Welch ein Aufwand. Studenten und Jugendgruppen sind kontinuierlich auf postalische und andere Verbindungen zu überprüfen. Unerwünschte Verbindungen sind festzustellen, auszuwerten und zu unterbinden, hieß es weiter. Sebastian war fassungslos. Jugendliche, die sich vom sozialistischen Erziehungsprozess entfernen würden, wären speziell zu bearbeiten. Was zum Teufel meinten die Stasileute damit?

Bearbeiten? Ach du meine Nase, dachte er. Wenn er Opa doch nur um eine Erklärung bitten könnte. Aber das konnte er nicht, denn dann wäre klar, dass er hier herumschnüffelte. Sebastian sinnierte vor sich hin. Eine gewisse Ratlosigkeit machte sich breit. Er pendelte gedanklich zwischen Neugier und Ablehnung des gerade Gelesenen hin und her und die folgenden Geheimdienstanweisungen erweckten auf eine rätselhafte Art und Weise seine Neugier.

Geeignete Inoffizielle Mitarbeiter wären an Konzentrationspunkten, an denen Jugendliche zusammentreffen, einzusetzen. Insbesondere an Bahnhöfen, Gaststätten und Parkanlagen sowie auf Zeltplätzen und ganz besonders in Klubs aller Art.

Sebastian hatte gelernt, zur definieren, hatte gelernt, auch zwischen den Zeilen zu lesen. Ihm wurde schlagartig klar, dass mit »geeigneten IMs« auch Jugendliche aus seinem persönlichen Umfeld gemeint gewesen sein könnten. Ihm wurde mulmig zumute. Er fragte sich, ob in seiner ehemaligen Klasse 7 Schüler als Zuträger für die Stasi eingesetzt waren? Wer würde sich für diese Schweinereien hergeben? Mitschüler verpetzen - an einen Geheimdienst? Niemals, nicht in seiner Klasse! Wie stand es nun um seine Freunde? Was war von Lehrern und Trainern zu halten, ob die da mitmachten? Es fiel ihm niemand ein.

Das Weiße Haus

Dr. Claus Steiner, ein schlanker stattlicher Arzt, führte an diesem Montagmorgen, dem 1. Oktober 1990, die Visite und betrat mit augenscheinlichem Elan jenes Krankenzimmer, in dem auch Walther lag. Eine mit Patientenunterlagen hantierende Schwester deutete mit einem Fingerzeig auf Walther Herzberg hin und begann zu erklären. »Schon gut, Schwester, schon gut!«, unterbrach Dr. Steiner. »Walther, was machst du für Sachen? Mit wem soll ich denn nun Schach spielen? Wir reden nachher nochmal in aller Ruhe, ja?« »Ja, Claus«, erwiderte Walther, »gerne, wie du meinst.«

Dr. Steiner kümmerte sich noch um Walters Bettnachbarn und zog von dannen. Ein Tross von Respekt zollenden Schwestern begleitete ihn von Krankenzimmer zu Krankenzimmer, bis auch das letzte Türklappern verhallte. Walther fühlte sich, obwohl er eigentlich ausgeruht hätte sein müssen, erschöpft und irgendwie lustlos. Seltsam, die Visite war weder anstrengend noch aufregend und dennoch schlief er wieder ein. Gegen Mittag riss ihn ein heftiges Gläser- und Geschirrgetöse aus dem Schlaf. Resteessen war angesagt. Alles, was am Wochenende nicht mehr verarbeitet werden konnte, das rührten die Küchenbediensteten nun zu allem Möglichen zusammen. Details wollte er sich bei dieser Vorstellung nicht ausmalen, denn das Wissen um diese

Tatsache selbst konnte einen bekanntlich auch schon satt machen. Es gab Soljanka mit Brot sowie eine Nachspeise mit Quark und Kirschen. Hier kannste fett werden, dachte Walther und Kaffeezeit ist auch bald.

Ein weiteres Geschirrgetöse aus Richtung Flur beendete die Mittagspause. All jenes, was an Tassen, Terrinen, Tellern und Besteck hereingeschafft wurde, das musste nun wieder brav eingesammelt und fortgebracht werden. Da stand plötzlich Schwester Inge vor Walthers Krankenbett. »Ich sehe, du hast aufgegessen - na, dann gibt es morgen wohl gutes Wetter, haha«, scherzte sie. »Dr. Steiner möchte dich sprechen. Er erwartet dich gegen 15 Uhr. Ich bringe dich nachher zu ihm. Hast du alles, um dich tagfein zu machen, oder möchtest du im Schlafanzug zum Doktor gehen?« Walther kräuselte die Stirn. »Nee, nee, nee, - nein nein«, brummte Walther erwidernd. »Moni hat mir meinen besten Morgenmantel mitgebracht. Wäre der akzeptabel, Inge?« Ihre Antwort ließ nicht lange auf sich warten. »Sieh mal, Walther, in Anbetracht der Tatsache, dass du nicht zum Schach spielen gehst, sondern mit Doktor Steiner über dein Befinden sprechen willst - und das nebenbei bemerkt - offensichtlich nicht ganz freiwillig, geht das schon in Ordnung.«

Wie sie dastand, die Inge. Opa-Walther ertappte sich bei seinen Gedanken, wie es wohl wäre, wenn er 20 oder 25 Jahre jünger wäre. Diese Frau, ihre jugendliche Ausstrahlung, wie ein frischer Blumenstrauß im Herbst.

Erfrischend, erfrischend, dachte er ... da war sie wieder, die Aufregung. Walther wiederholte sogar in Gedanken manche Wörter. Das war seine Macke! Er hörte ihr nicht wirklich zu, er betrachtete sie, schaute durch sie hindurch. Walther fragte sich, ob und was sie unter ihrem Schwesternkittel trägt. Er biss sich auf die Unterlippe. Ahnte sie, was er sehen wollte? Nun stand sie vor ihm, die eine Hand lässig in die Hüfte gedrückt, so kokett, so faszinierend und anregend. Walther hatte lange schon keine Frau mehr geliebt. Abenteuer, gewiss, aber Liebe? Nein, verliebt war er schon lange nicht mehr.

14:30 Uhr, eine Schwester, deren Namen Walther nicht kannte, betrat das Krankenzimmer. »Herr Herzberg, Doktor Steiner bittet sie zu sich. Schwester Inge ist gerade im OP, sie bat mich, Ihnen Bescheid zu geben. Ich komme in circa 10 Minuten wieder.« »Einen Moment bitte, entschuldigen Sie Schwester, wie darf ich Sie ansprechen?« »Ich bin Schwester Ulrike, aber hier sagen alle Uli zu mir.« »Donnerwetter«, entfuhr es Walther, als sie zurückkam, »und pünktlich wie die Maurer!« Uli lächelte ihm zu und ging voran. Schon nach einer kurzen Zeit standen beide vor Dr. Steiners Arbeits- und Besprechungszimmer. Walther bedankte sich bei Schwester Uli, klopfte an die Tür und betrat nach einem auffordernden »Ja, bitte!«, die Höhle des Löwen.

»Schön, dass du da bist Walther, ich sehe, du hast dir extra deinen schönsten Anzug aus dem Schrank genommen!« »Sehr komisch Claus«, erwiderte Walther, »ich liebe deinen Sarkasmus!« »Möchtest du ein Stückchen von dem Salzwedeler Baumkuchen - mein Freund?«, fragte Dr. Steiner. »Aber nur«, fügte Walther hinzu, »wenn du mir einen ordentlich gebrühten Kaffee bringen lässt.« Darauf antwortete Doktor Steiner mit heiterer Mine: »Lieber Walther; für dich brühe ich ihn persönlich auf, denn derart wichtige Dinge darf man niemals aus der Hand geben.« Dann nahm er zwei Kaffeebecher aus seinem Schrank, stellte sie auf einer untergelegten Zeitung ab und goss das brühend heiße Wasser in die beiden vorbereiteten Tassen, bis diese zu einem Viertel gefüllt waren. Beide schwiegen sich ein Weilchen an, dann füllte Doktor Steiner beide Tassen mit dem restlichen Wasser auf. »Übermorgen begehen wir einen historischen Tag. Wer hätte das gedacht, dass wir beide diesen noch erleben dürfen!« Mit diesen Worten eröffnete Doktor Steiner das gemeinsame Gespräch bei Kaffee und Kuchen. »Na, es wurde auch Zeit«, meinte Walther Herzberg. »Den 17. Juni wollte man - aus nachvollziehbaren Gründen - nicht noch einmal als Tag der Deutschen Einheit auswählen, nun müssen wir - warum auch immer - mit dem 3. Oktober vorliebnehmen.« Dr. Claus Steiner unternahm einen erneuten Ansatz, um seinen alten Freund Walther zu fragen, ob er diesen denkwürdigen Feiertag gerne zu Hause verbringen möchte oder ob er lieber im Krankenhaus bliebe, um einfach einmal ausspannen zu können. Walther entschied sich für die erste Variante, denn er wollte den Tag der

Deutschen Einheit gerne daheim in seiner gewohnten Umgebung verbringen. Beide, Claus und Walther verabredeten sich für die dritte Oktoberwoche zu einem Schachspiel in Dok´s Partykeller. Jeder von ihnen wusste, was er vom anderen halten durfte. Beide setzten auf gegenseitiges Vertrauen, das bisher noch nicht missbraucht worden war. Sie wussten um die Qualität ihrer seit vielen Jahren bestehenden Männerfreundschaft.

Am Dienstagvormittag durfte Walther nach dem Frühstück und der obligatorischen Visite, an welcher auch Schwester Inge teilnahm, das Krankenhaus verlassen.

Moni wartete schon zeitig, um Walther abzuholen. Davor musste sie Einkäufe erledigen, da sie unter anderem kein Letscho mehr im Hause hatte. Original ungarisches Letscho versteht sich, das wusste Moni. Ihr Vater war ganz vernarrt in dieses Zeug und ihr Sohnemann ebenso. Da war schon fast klar, dass es gegen Mittag Zigeunerschnitzel mit Kartoffeln geben würde. Für Walther, Moni und Sebastian war es bis jetzt ein gelungener, keineswegs verlorener Tag. Der Einzige, dem wieder einmal alles gegen den Strich ging, war Kurti - Kurt, der Langweiler. Sebastian verlor Tag für Tag ein Stückchen Respekt vor seinem Vater. Kurti stand sich und anderen im Wege, er benahm sich zuweilen seltsam und wurde ungerecht gegen seine Mitmenschen. Kurt nahm sich beim Mittagessen mächtig zurück. Wie gerne hätte er Moni zur Sau gemacht und über ihre Kochkünste gemosert, doch er traute sich nicht, denn er hatte viel zu große Angst vor seinem Schwiegervater. Nach dem Nachtisch zwinkerte Walther seinem Enkel zu, machte dabei eine Kopfbewegung, die wiederum unmissverständlich einer Aufforderung zum Mitkommen gleichkam. Sebastian verstand sofort und folgte wortlos. Walther ging ein paar Schritte in Richtung Innenhof. Dort trafen sich beide. »Wir müssen reden, Bastian«, meinte Walther, »aber nicht hier. Wir gehen in die Scheune, da sind wir ungestörter!« »Hast du Sorgen, Opa?« »Naja, Sorgen ... ich habe nachgedacht. Am Wochenende ist mir so einiges durch den Kopf gegangen. Drinnen!«, sagte Walther, »werde ich dir ein paar wichtige Dinge anvertrauen.« Beide näherten sich der Scheunentür. Diese brachte beim Öffnen das bekannte und vertraute hölzerne Knarren hervor. Walther begann, nachdem Sebastian die Scheunentür geschlossen hatte, mit ein paar einleitenden und nachdenklichen Worten vom Älterwerden, von Krankheit und Tod. Nicht, dass er krank sei und man glauben müsse, dass der Sensenmann bald käme, nein, das sollte Sebastian bitte nicht daraus folgern, aber außer Acht lassen dürfe man diese Möglichkeit auch nicht. Sebastian war unwohl und Opa bemerkte, dass sein Lieblingsenkel offensichtlich etwas zu verkrampft war, um aufmerksam zuhören zu können. »Bleib locker Bastian!«, meinte Opa-Walther. »Komme mal an meine Seite. Ich möchte dir etwas Wichtiges aus meinem Leben anvertrauen. Niemand weiß von dem, was ich dir gleich erzählen werde. Es ist ein großes Geheimnis. Nur du und ich, Bastian ... du wirst mein einziger Verbündeter sein.«

Sebastian hörte nun aufmerksam zu. »Sieh mal, heute ist ein denkwürdiger Tag. Wir haben den 2. Oktober 1990. Dieser Tag wird, mein lieber Bastian, in den Geschichtsbüchern der Welt als letzter Tag des Bestehens der DDR vermerkt werden. In der kommenden Nacht um 00:00 Uhr werden wir zu Bundesbürgern, das haben unsere beiden Regierungen aus Ost und West so vereinbart. Für mich, verstehst du Bastian, bricht hier eine kleine Welt zusammen und dennoch weiß ich, dass es so kommen musste. Und eines ist auch klar; so konnte und durfte es einfach nicht weitergehen. Unsere Landsleute hatten von Erich dem Dachdecker und dem Stasi-Erich die Nase bis obenhin voll. Du hast es erlebt, du warst selbst mit dabei. Jetzt gilt es aus allem, was kommt, das Beste zu machen. Einen Fehler dürfen wir uns als Gesellschaft allerdings nicht noch einmal leisten. Nach 1945, dem verlorenen Weltkrieg, hatten plötzlich alle das Gedächtnis verloren. Niemand schien in der NSDAP gewesen zu sein ... und von der Judenproblematik, und den damit verbundenen Verbrechen, hatte auch niemand etwas mitbekommen. Die meisten Bürger litten unter partieller Amnesie. Mein lieber Bastian, glaube mir, es wird wieder so kommen, verstehst du? Geschichte wiederholt sich, niemand wird freiwillig zugeben, in der SED gewesen zu sein. Keiner der so genannten Blockflöten wird sich und anderen eingestehen, dass sie alle SED-Beschlüsse jubelnd befürwortet und übernommen haben. So wird es kommen, vergiss meine Worte nicht!

Heute Abend, vielleicht die ganze Nacht über, treffen Bürger zusammen, um die Wiedervereinigung von Ost- und Westdeutschland zu feiern. Was meinst du Bastian, würdest du mich ins Dorf begleiten? Dort kommen auch unsere Leute zusammen, um auf neue, hoffentlich bessere Zeiten anzustoßen. Tue mir den Gefallen - ja - es würde mich freuen. Es wird ein historisches Erlebnis, dass du in deinem ganzen Leben nicht vergessen wirst. Glaube mir, auch in dreißig, vierzig Jahren wirst du dich erinnern, was du an diesen bedeutenden Tagen erlebt und unternommen hast. Deine Eltern kommen sicher auch mit. Also, was ist ... begleitest du deinen Opa?« Sebastian war überrascht. Er hatte eigentlich mit einer Standpauke gerechnet, denn Opa musste bemerkt haben, dass die Akten, in denen er gelesen hatte, anders abgelegt waren als zuvor. »Also gut, Opa«, erwiderte Sebastian, »ich begleite dich gern.«

Sein Opa deutete mit einem Fingerzeig auf den vor ihm liegenden Aktenstapel, zog kurz die Augenbrauen hoch und begann mit ruhiger Stimme Dinge zu erläutern, die ihm offensichtlich am Herzen lagen. »Au Backe«, dachte Sebastian, »jetzt kracht's doch noch.« Doch weit gefehlt. Walther rang nach Worten, schaute Sebastian auf Verständnis hoffend an und begann wie so oft mit: »Mein lieber Bastian, was ich dir jetzt erzähle, ist ein Vertrauensbeweis erster Güte. Ich weiß, dass ich dir blind vertrauen kann, ich erwähnte es vorhin, verstehst du ... mein Geheimnis.« Sebastian nickte zustimmend und sagte.

»Kannst dich auf mich verlassen.« Walther hielt seinem Enkel die Hand hin und sagte. »Hand drauf, Bastian, gib mir dein Ehrenwort!«, und Sebastian tat, worum sein Opa ihn bat.

Walther erklärte einer Beichte gleichkommend, dass er, was seine ehemalige Tätigkeit betraf, nicht immer bei der Wahrheit geblieben war. Er gab zu, dass er nicht beim SKET, dem Schwermaschinenkombinat *Ernst* Thälmann, tätig war. Er machte mit aller Deutlichkeit klar, dass ihm diese und andere Unwahrheiten notwendig erschienen, um staatswichtige Dinge und Handlungen erst vornehmen zu können. Walther versicherte seinem Enkel, dass alles, was er in den letzten Jahrzehnten beruflich unternommen hatte, von einer - vor allem politisch-ideologischen - Wertigkeit getragen wurde. Er wäre ein zuverlässiger Garant im Sinne einer friedlichen deutsch-deutschen Koexistenz gewesen. An dieser Feststellung dürfe niemand zweifeln. Sebastian kräuselte ein wenig die Stirn und zog - wie vom Opa abgeguckt - die Augenbrauen nach oben. Sein Opa ging auf diese vielsagende Gestik und Mimik sofort ein und meinte: »Ich habe gesehen, Bastian, dass du dich bereits mit den hier herumliegenden Akten beschäftigst. Deine blutigen Fingerabdrücke haben es mir verraten, hast dich geschnitten, nicht wahr?« »Moment mal, Opa, ich dachte, du hättest« ... Walther hielt ein paar Sekunden inne und spitzte dabei den Mund. »Nun gut«, entfuhr es ihm. »Wenn dem so ist, dann haben wir ein ernsthaftes Problem. Ich wüsste nämlich liebend gern, zu wem die blutigen Tapsen gehören. Hilfst du mir, Bastian, dies herauszufinden?« »Klar Opa«, erwiderte Sebastian, »aber wie kann ich das?« »Das hier ist nicht ungefährlich«, meinte Walther, »glaube mir. Ich hätte sie nicht mit nach Hause nehmen sollen.« »Meinst du die Akten, Opa?« »Genau die meine ich. Wir müssen sie wegschaffen und verstecken.« Walther stand auf, ging zur Arbeitsgrube hinüber und begann damit, die darüberliegenden Bohlenbretter aufzunehmen. Diese stellte er seitlich ab. In die Arbeitsgrube führte eine schmale Eisenleiter. Diese stieg er hinab. Sebastian staunte nicht schlecht. In der Arbeitsgrube lagen bereits zahlreiche Kartons mit Akten. »Gib sie mir!«, bat Opa-Walther. »Mach schon, Bastian, reiche mir die restlichen Akten vom Tisch herüber, ich lege sie zu den anderen zurück.« Sebastian beeilte sich. Das ging zügig und reibungslos. Nachdem alles erledigt war, verschlossen beide die Arbeitsgrube und stellten zur Tarnung ein paar Arbeitsböcke auf die Abdeckung. Danach legten sie noch ein Eisenrohr dazu. Walther nahm einen Besen in die Hand und fegte den am Boden liegenden Staub Richtung Arbeitsgrube hin und her. Anschließend legte er eine Eisensäge ab und streute - als ob dies nicht schon ausreichen würde - Eisenspäne über Werkzeuge und Materialien. »Donnerwetter«, meinte Sebastian, »darauf muss man erst einmal kommen, Opa!« »Da staunst du was, Bastian? Ja ja, gelernt ist gelernt. Komm, lass uns feiern gehen. In den nächsten Tagen erkläre ich dir alles Weitere in Ruhe und denk dran: Kein Sterbenswörtchen - zu niemandem - hörst du!«

Die Bollerwagenbande

Am frühen Abend trommelte Walther Herzberg alle Familienmitglieder zusammen. Nun ging er wie ein erfahrener Feldherr ein Weilchen mit auf dem Rücken verschränkten Armen hin und her. Kurti, Moni und Sebastian kannten diese Verhaltensweise von Opa-Walther genau, aber räusperten sich nicht. Sie schauten ihn nur erwartungsvoll an. Endlich stellte Walther die Frage, auf die Sebastian bereits wartete. »Also Leute, wie sieht´s aus ... begleitet ihr mich zur Wiedervereinigungsfeier ins Unterdorf? Wir lassen es uns gutgehen. Ich gebe einen aus ... möglicherweise auch zwei!« Walther formte, während er dies sagte, seinen Mund zu einem liebenswerten Lächeln, dem niemand widerstehen konnte. Sein prüfender Blick in die Runde bestätigte ihm die Zustimmung aller. Wie ein Protokollführer es nicht besser hätte sagen können, fügte er hinzu: »Ich stelle fest, dass mein Ansinnen allseits auf volle Zustimmung stößt.« Nach einem breiten Grinsen verfinsterte sich sein Blick ein wenig. Seine Mimik verriet eine gewisse Nachdenklichkeit. Er meinte, dass es ab jetzt nur drei Möglichkeiten gäbe, um mit der neuen Situation fertig zu werden. Die Erste käme dem Vogel-Strauß-Verhalten nahe, bei dem man den Kopf in den Sand steckt, um abzuwarten. Möglichkeit Nummer zwei wäre ... seiner beraubten Arbeit in der guten alten DDR oder besser gesagt einer mehr oder weniger sinnvollen Beschäftigung, die häufig durch fehlende Produktivität und versteckte Arbeitsbummelei geprägt war, hinterherzutrauern. Die Dritte der Möglichkeiten beschrieb Walther mit dem Hinweis, dass er diese favorisieren würde. Er wolle die neue Zeit mit Kreativität angehen, um die zur Verfügung stehenden Freiheiten konsequent nutzen zu können. Nur die dritte Variante würde aus seiner Sicht wirklich Sinn machen, denn man müsse die Chancen, die sich einem böten, auch sehen wollen. Alle Vorzeichen ständen gut und offene Märkte nach Ost und West würden offensichtlich nur darauf warten, versorgt und bedient zu werden. Mit diesen Feststellungen beendete Walther seinen Kurzvortrag. Moni und Sebastian nickten zustimmend, was sollten sie auch sonst tun. Auch Opas Schwiegersohn Kurt pflichtete, wie aus einem tiefen Traum erwacht, dem Gesagten vollends zu. Alle packten mit an. Es galt, allerlei an Speisen und Getränken zusammenzusuchen. Das war Monis Part. Kurt organisierte derweil Gläser, Tassen und Bestecke. Sebastian stürzte sich auf Zutaten und ihm wichtig scheinende Knabbersachen und Walther kümmerte sich um Sitzgelegenheiten und um den alten Bollerwagen. »Schaut her, Leute!«, meinte er stolz, »hier passt alles drauf.«

Gemeinsam zogen Walther und Sebastian den Bollerwagen Richtung Unterdorf. Moni und Kurt trotteten munter hinterher und taxierten dabei jene Bürger, die offensichtlich noch keine Zeit gefunden hatten, es ihnen gleichzutun. Mit Sicherheit waren auch Bürger darunter, die - aus unterschiedlichsten Gründen - keine Lust aufs Feiern hatten. »Ihr wisst ja gar nicht, was euch entgeht. So ein Tag kommt so schnell nicht wieder!«, verkündete Sebastian lauthals. Zeitgleich überlegte er, wer von seinen Kumpels nebst Eltern am Sammelplatz aufschlagen würde. Sebastian stellte sich vor, wie sie nachher am Lagerfeuer stehen würden. Sie könnten gemeinsam ausloten, für wen sich - in Anbetracht der kapitulierenden Betriebe - ein Selbständigmachen lohnen würde. Die umzustrukturierenden Versorgungseinrichtungen, Dienstleistungskombinate, PGH´s und LPG´n oder der Kreisbaubetrieb. Was soll aus ihnen und den dortigen Werktätigen werden? Die allermeisten Betriebe - das konnte selbst Sebastian schon erkennen - müssen aufgeben oder werden systematisch plattgemacht.

Dieser Abend dürfte spannend werden. Wer von den Anwesenden wird sich trauen, einen privaten Friseurladen zu eröffnen? Wer plant ein eigenes Reisebüro? Wo entsteht die erste große moderne Tankstelle?

Am Sammelplatz standen bereits ein paar Leute biertrinkenderweise im Bereich der Feuerstelle, als die Bollerwagenbande eintraf. Robert, Sebastians Mitschüler und Sohn eines ehemaligen NVA-Offiziers, saß angespannt auf einer Holzbank. Er freute sich auf Sebastian, winkte gestenreich, sprang auf und begrüßte ihn, seine Eltern und seinen Opa. Robert war ganz aufgedreht, richtig euphorisch. Er erzählte, dass seine Eltern ein Autohaus eröffnen werden. Ein Wolfsburger Autofabrikant suche Verkäufer und Händler. Robert ergänzte, dass sein Vater als gelernter LKW- und Panzerschlosser genau der richtige Partner sei. Er könne als ehemaliger Soldat und Vorgesetzter sicherlich mit Führungsqualitäten auftrumpfen, hätten die Wolfsburger gemeint. Sein Vater hätte bestimmt kein Problem damit, künftige Autoverkäufer zu finden, auszubilden und zu führen.

Nun gesellte sich auch Roberts Vater dazu. Sebastian konnte dieser Situation nur eine gewisse Komik zuordnen, denn Roberts Vater antwortete auf gestellte Fragen immer nur mit einem kurzen »jawohl« oder mit Wortfetzen, wie »stimmt« oder »genau.« Eigene sinngebende und zusammenhängende Sätze brachte er nur ansatzweise über seine Lippen.

Ein ehemaliger NVA-Offizier als Autoverkäufer? Sebastian zweifelte innerlich, lächelte freundlich und tat so, als höre er interessiert zu. Wenn das man gut geht, dachte Sebastian. Ein Verkäufer, der andauernd mir und mich verwechselt ... jeder ist seines Glückes Schmied.

Die Wende hatte den meisten DDR-Armeeangehörigen mächtig in die Suppe gespuckt. Für viele andere Berufsgruppen galt das Gleiche, ein Karriereknick. Ende! Der ehemalige gehasste und gefürchtete Klassenfeind hatte sie überrumpelt. Roberts Vater war allerdings bewusst, dass, wenn man seinen Feind schon nicht besiegen kann, müsse man ihn sich zum Freund machen. Daher wäre es egal, woher der Wind wehte.

Kurze Hosen, braunes Hemd

Walther hatte sich an diesem Montagnachmittag für Sebastian Zeit genommen und so kramten beide in alten Heftchen, Zeitungen, Ratgebern und Akten. In einer vom Zahn der Zeit vernarbten Leder-Aktentasche befand sich ein »Völkischer Beobachter.« Zwischen diesen beiden Worten dominierte der Reichsadler mit seinem Hakenkreuz in einem Eichenlaubkranz. Sebastian starrte auf das Deckblatt. So ein Nazizeug hatte er hier nicht erwartet. Opa war doch ein überzeugter SED-Genosse. »Wo hast du den denn her, Opa?« »Der gehörte meinem Vater«, meinte Opa-Walther. »Gib ihn mal rüber, ich möchte dir etwas zeigen. Hier ist ein Zitat von Dr. Joseph Goebbels, dem damaligen Propagandaminister abgedruckt. Der sagte damals: »Wer die Jugend hat, dem gehört die Zukunft.«

»Ich hatte dir erzählt, dass auch ich zum Kriegsende hin beinahe verheizt worden wäre, erinnerst du dich? Ich möchte darüber reden, mich jemandem anvertrauen, denn ich träume manchmal vom Krieg ... von den letzten Tagen. Dann holt er mich ein, der Krieg. Ich wache schweißgebadet auf. Das ist mir früher nicht so oft passiert, doch jetzt, Bastian, fast in jeder zweiten Nacht.

Dann denke ich an die gnadenlose Bombardierung der Hansestadt Hamburg im Sommer 1943. Ein paar Tage zuvor waren meine Eltern, mein Bruder und ich besuchsweise bei

Mutters Schwester zu Gast. Meine Mutter und mein Zwillingsbruder verlängerten ihren Aufenthalt in Hamburg während Vater und ich in die Altmark zurückkehrten, da unser Vater zurück an die Front sollte. Was soll ich dir sagen, Bastian. Es war der letzte gemeinsame Urlaub, den wir als Familie verbringen durften. Von Mitte Juli bis Anfang August 1943 flogen die Briten mehrere Angriffswellen gegen diese schöne Stadt. Das muss grausam gewesen sein, denn dort luden sie Unmengen an Luftminen und Stabbrandbomben ab. Meine Mutter und mein Zwillingsbruder wurden später für Tod erklärt und ich sann auf Rache.

Ein kalter Januartag im Jahr 1945. Wir, meine Kameraden und ich wurden nach Arendsee gekutscht. Dort sprach ein Fähnleinführer des Deutschen Jungvolks zu uns. Mitten auf dem Marktplatz prahlte er siegessicher vom bevorstehenden Endsieg. Er sei zuversichtlich, dass nun endlich unsere Wunderwaffen eingesetzt werden würden. »Nur Mut!«, sagte er. Und wir glaubten ihm. Keiner von uns zweifelte an seinen Worten. Er würde uns nicht anlügen, bestimmt nicht. Hoch motiviert und kriegslüstern gingen wir an die uns zugeteilten Aufgaben. Unser Auftrag lautete: Errichten von Panzersperren um Arendsee und Seehausen. Ich strengte mich an, denn bald würde meine Mitgliedschaft im Deutschen Jungvolk in die Hitler-Jugend übergehen. Seit kurzem machten Meldungen vom feigen Rückzug der Deutschen Wehrmacht die Runde. Ich glaubte damals, die feindliche Kriegspropaganda hätte das Gedankengut unserer eigenen Volksgenossen erreicht und vergiftet. Einige Abtrünnige hätten wieder einmal den Deutschen Dienst der BBC-London abgehört. Die BBC hatte schon des Öfteren solche Falschmeldungen platziert. Viele Leute glaubten und verbreiteten diesen Unsinn, da war ich mir sicher. Auch ich war mit angetreten und bereit, den vorausgesagten Endsieg zu erringen, euphorisch und siegessicher.

Der Winter zog sich in seine traditionelle Ecke zurück und es wollte Frühling werden. Doch dieser Frühling war so ganz anders als von uns erwartet und erträumt. Mit meinen vierzehn Lenzen brach eine Welt zusammen, als ich einen circa eineinhalb Jahre älteren Kameraden sah. Dieser stand deutlich abgemagert vor mir. Demoralisiert aber erleichtert erzählte er, dass er es zu Fuß bis hierher geschafft hätte. Er wäre südlich von Stendal im Wehrertüchtigungslager gewesen. Von dort sollten die Teilnehmer den Vormarsch der feindlichen Kräfte aufhalten und diese dann zurückschlagen. Die Feinde standen überall. Von Süden und von Westen her drängten die Amis. Östlich der Elbe stand der Iwan. Der Iwan war nicht zimperlich, der haute ordentlich drauf. Unsere Wehrmacht hatte keine Chance, das war klar. Jetzt wurde abgerechnet. Das Tausendjährige Reich, erst zwölf Jahre alt, zerbrach. Es ließ ein Trümmerfeld zurück. Zertrümmerte Herzen und verbogene Seelen, geplatzte Ideologien, verbaute Existenzen und Karrieren. Adolf Hitler, seine Minister und Generäle, die Mitglieder der Waffen-SS, Gestapo-Leute und NSDAP-Bonzen versteckten sich oder flohen mit gut gefälschten Ausweisdokumenten nach Südamerika oder sonst wo hin.

Bereits Anfang April 1945 standen erste Panzerspitzen der 9. US Armee in der Nähe von Ziemendorf und der sogenannten Wirlspitze. Unser aller Führer Adolf Hitler entpuppte sich dabei als der größte Lump und Feigling. Er entzog sich am 30.04.1945 durch Freitod seiner Verantwortung. Reste der Deutschen Wehrmacht und die der Waffen-SS kämpften vergebens bis zur bedingungslosen Kapitulation der Deutschen am 08. Mai 1945. Im Raum Seehausen hat die Wehrmacht, entgegen jeder Vernunft und Menschlichkeit, kurz vor dem Eintreffen der russischen Einheiten, noch standrechtliche Hinrichtungen von sogenannten Volksschädlingen und Verrätern durchgesetzt. Deutsche ermordeten Deutsche. Grausige Dinge geschahen, Bastian. Du kannst es dir nicht vorstellen und Denunzierungen waren an der Tagesordnung.

Im Juni 1945 zogen Teile der Amis ab. Sie übergaben die Verantwortung vorübergehend an die britischen Einheiten. Einen Monat später übernahmen die Russen - genau genommen die sowjetischen Truppen - das Zepter. Skepsis und Misstrauen gegenüber jedermann nahmen zu und der allseits gegenwärtige Hunger trieb die Leute bis zur anbiedernden Unterwürfigkeit. Überall wurde geklaut, denn der reinste Überlebenswille entschied nun über Leben und Tod.

Als sich der Iwan als Besatzer in der Region manifestierte, da erschraken alle und es machten Gerüchte um Plünderungen und Vergewaltigungen die Runde. Es waren keine - nein. Iwan rächte sich nun für alle Schandtaten der Deutschen Wehrmacht und speziell für jene der Waffen-SS. Er rächte sich für die unzähligen Morde, für die erlittenen Gräueltaten in den Konzentrationslagern und die meist sinnlosen und unmenschlichen Demütigungen aller Art. Er rächte sich mittels Abschlachten der Viehbestände und durch zahlreiche Verhaftungen und Hinrichtungen ehemaliger Amts- und Funktionsträger. Zahlreiche Hinrichtungen geschahen willkürlich auf Grund falscher Beschuldigungen. Stalins harte Hand ließ nun nicht mehr locker. Sie quetschte uns. Sie schlug uns. Eine schwere Zeit, zumindest für die Älteren.

Junge Leute ließen sie meist in Ruhe. Sie wussten um unsere Unreife und die gestohlene Kinder- und Jugendzeit. Man ahnte wohl, dass auch wir jungen Leute ideologisch verformt und zurechtgebogen wurden. Und das Schlimmste daran ist, mein lieber Bastian, dass wir es selbst gar nicht bemerkten. Vor und während des Krieges gab es eine sogenannte Jugenddienstpflicht. Zweimal wöchentlich bekamen wir schulfrei und hatten jede Menge Spaß. Meist ging es - im Rahmen der Körperertüchtigung - mit Kompass und Karte, samt Rucksack und in Uniform ins Gelände. Wir veranstalteten Orientierungsübungen und andere spannende Dinge. Unsere Uniform machte richtig was her. Sie bestand aus einem Braunhemd und einer Cordhose. Einer kurzen Hose wohlgemerkt. Am Hemdkragen drapierten wir ein dunkles Halstuch, welches mit einem Lederbändchen-Knoten zusammengehalten wurde. Am linken Arm trugen wir unsere roten Armbinden mit dem schwarzen Hakenkreuz auf weißem Grund. Das war für uns ganz normal, nichts Besonderes. Die Uniform trugen wir alle mit Stolz. Über dem Braunhemd befand sich ein Schulterriemen, den wir an der linken Seite am Hosenkoppel befestigten mussten. Ach ja, ein Taschenmesser hatten wir auch stets dabei.

In der Putz- und Flickstunde, also nach den Ausflügen, prüften wir unsere Uniformen und all das, was wir im Gelände üblicherweise benötigten. Auf Sauberkeit und Ordnung wurde stets großer Wert gelegt. Anschließend gingen wir nach Hause. Wir machten uns frisch, ruhten ein wenig. Noch vor Einbruch der Dämmerung trafen wir uns am Lagerfeuer. Manchmal organisierten wir auch Fackelumzüge, naja, Bastian du weißt, wovon ich spreche.« »Ja klar, Opa, Geschichte wiederholt sich, richtig?« »Genau mein Lieber, so ist es. Manchmal unterhielten wir uns mit den Mädchen vom BDM, dem Bund Deutscher Mädels. Das war für uns immer eine willkommene Abwechslung. Es waren fesche Mädchen dabei. Auch sie traten in Uniformen an. Sie trugen weiße Blusen sowie blaue Röcke und - genau wie wir Jungs - ein mit einem Lederbändchen fixiertes Halstuch. Wir musterten uns gegenseitig. Durch die kurzen Röcke und Hosen wurde deutlich, wer von den Anwesenden gut gebaut und sportlich war, und wer zu den Krummbeinigen zählte. Dabei tauschten wir keusche Blicke aus und erste Liebschaften bahnten sich an.

Damals dachten wir, alles im Griff zu haben. Aber genau das Gegenteil war der Fall. Die NSDAP und ihre Jugendorganisationen hatten uns fest im Griff. Im Würgegriff möchte ich heute meinen, mein lieber Bastian, da kann ich mich nur noch einmal wiederholen: Wir haben es damals nicht bemerkt, unglaublich! Ich zeige dir noch etwas! Lies uns doch bitte einmal diesen Absatz vor, sei so gut. Es ist ein Ausspruch vom Führer und Reichskanzler Adolf Hitler.«

===

»Eine gewalttätige, herrische, unerschrockene, grausame Jugend will ich. Schmerzen muss sie ertragen. Es darf nichts Schwaches und Zärtliches an ihr sein. Stark und schön will ich meine Jugend. So kann ich das Neue schaffen. Ich will keine intellektuelle Erziehung. Mit Wissen verderbe ich mir die Jugend. Am liebsten ließe ich sie nur das lernen, was sie ihrem Spieltrieb folgend sich freiwillig aneignen. Aber Beherrschung müssen sie lernen. Sie sollen mir in den schwierigsten Proben die Todesfurcht besiegen lernen.«

===

»Bedenke, Bastian, der Staat verführt seine Untertanen, wenn sie nicht aufpassen. Er verführt auch dich, er lockt und steuert. Also gib Obacht! Den Chef-Ideologen der Welt ist klar, dass sie ihre Bürger, deren Seelen und Gedanken kaufen können. Und sie tun dies auch. Sie betätigen die richtigen Schalter in Kopf oder Brust, lösen Emotionen aus, appellieren an dein Gewissen und gaukeln dir Zusammengehörigkeitsgefühle vor. Sie kitzeln so lange an deinem Ego, bis du die gewünschte Reaktion hervorbringst. Dann geben sie dir ein wenig Macht - jedoch nicht zu viel - und du funktionierst wie eine Marionette. Wenn du so weit bist, dann ziehen die Ideologen an einem bestimmten Bändchen und du tust unbewusst genau das, was sie von dir erwarten.«

Das Vermächtnis

Opa-Walther fuhr fort: »Mich bedrückt noch viel mehr, Bastian. Mir bleibt nicht mehr genügend Zeit, um über mein Leben zu schreiben. Ich werde dir daher von mir und von dem, was ich bis heute erlebte, anschaulich erzählen. Du darfst Notizen machen, alles aufschreiben. Auch ein Diktiergerät oder Tonband darfst du benutzen, wenn es dir hilft. Dann hast du meine Stimme immer im Ohr und du kannst gelegentlich alles noch einmal nachhören.

Also, um es kurz zu machen, ich bin krank, sehr krank. Mein ewiges Husten ist dir nicht entgangen, stimmts, Bastian?« »Ja Opa.« Dann schwieg Walther. Sebastian sah seinen Opa ungläubig an. Er war wie gelähmt, da kullerten auch schon die ersten Tränen auf sein T-Shirt. »Weine ruhig, mein Bastian. Das reinigt die Seele!« Sie rückten aneinander. Sebastian nahm Opas Hand und betrachtete die zahlreichen Falten und Gräben auf dessen Haut. Dann umarmten sich beide. So verharrten sie eine Weile ganz still. Sie beschlossen, sich die ihnen verbleibende Zeit so angenehm und so effizient wie möglich zu gestalten.

Walther ergänzte: »Ich hätte gerne eine Dokumentation verfasst oder ein Buch geschrieben! Meine Lebensgeschichte und die zahlreichen Akten und Dokumente hier sind die Tinte. Du, Bastian, wirst der Füller sein. Ein Werkzeug, welches alles aufschreibt. Das Tintenfass ist randvoll.

Genug Arbeit für die nächsten Jahre. Ich die Tinte, du der Füller! Das wird uns für immer verbinden, verstehst du?« Und wieder kullerte eine Träne. Sebastian rang um Fassung.

»Die Dokumentation, welche wir jetzt gemeinsam auf den Weg bringen«, ergänzte Opa-Walther, »erleichtert mir meinen irdischen Abgang. Das Erzählen und Erklären schützt mich zwar nicht vor den körperlichen Schmerzen, unter denen ich leide, aber es tut meinem Gewissen gut. Alles, was ich in meinem Leben tat und auch das, was ich unterließ, wird viele Leute wundern, vielleicht sogar verwirren und schlimmstenfalls vor den Kopf stoßen. Der Eine oder andere könnte von mir persönlich enttäuscht sein, einige werden mich verfluchen oder hassen, aber allen wird es die Augen öffnen.

Lieber Bastian. Du kannst nicht nur Füller, Schreibmaschine oder neuerdings Computer sein - nein - du wirst auch zur Brille derer, die sich mit den Vorkommnissen, die wir hier gemeinsam erarbeiten, beschäftigen werden. Mit geschärften Sinnen soll man mittels meiner subjektiven Sicht - gepaart mit belegbaren Tatsachen - auf die Geschichte blicken. Für Letzteres sorgen die Akten hier!«

»So, mein lieber Bastian. Zwei Punkte müssen wir beachten. Zum einen benötigen wir einen passenden Buchtitel und zweitens ein Datum für die frühestmögliche Veröffentlichung. Den zweiten Punkt verknüpfe ich mit einer persönlichen Bedingung. Das Buch oder die Dokumentation darf frühestens in fünfundzwanzig Jahren in Umlauf kommen. Bis dahin bleibt alles im Verborgenen!« Sebastian nickte. »In Ordnung, Opa, wenn das dein Wille ist, dann werde ich mich daran halten. Das verspreche ich, so wahr ich dein Enkel bin.«

Sebastian war vom Zuhören erschöpft. Er müsse noch für eine anstehende Mathearbeit üben, meinte er. Aber dies war nur ein vorgeschobener Grund, denn innerlich war er viel zu aufgewühlt, um lernen zu können. Opas Offenbarung, und die Vermutung, ihn bald verlieren zu müssen, machten ihm zu schaffen. Aus dem Nachmittagsgequassel wurde ein nachdenklicher Montagabend. Sebastian ging von der alten Scheune kommend über den Hof. Die Tage werden merklich kürzer, dachte er. Der zunehmende Mond erwies sich als vorzüglicher Taschenlampenersatz. Er schaute nach oben und hielt ein wenig inne. Ihn beschlich ein irritierendes Gefühl. Dieses pendelte zwischen Aufregung, Müdigkeit und Melancholie. Die aufkommenden Emotionen zerrten an seinem Gemüt. Sein junges Herz pochte holprig. Auf dem Hof blieb er stehen, nahm sich Zeit, und beobachtete die am Himmel stehende Lampe. Dabei spürte er, wie ihm die Knie zu zittern begannen. Nein, weinen wollte er nicht. Nur Mimosen weinen. Tapfer wollte er sein, so tapfer wie sein Opa damals im Krieg, welcher ihm Mutter und Bruder nahm.

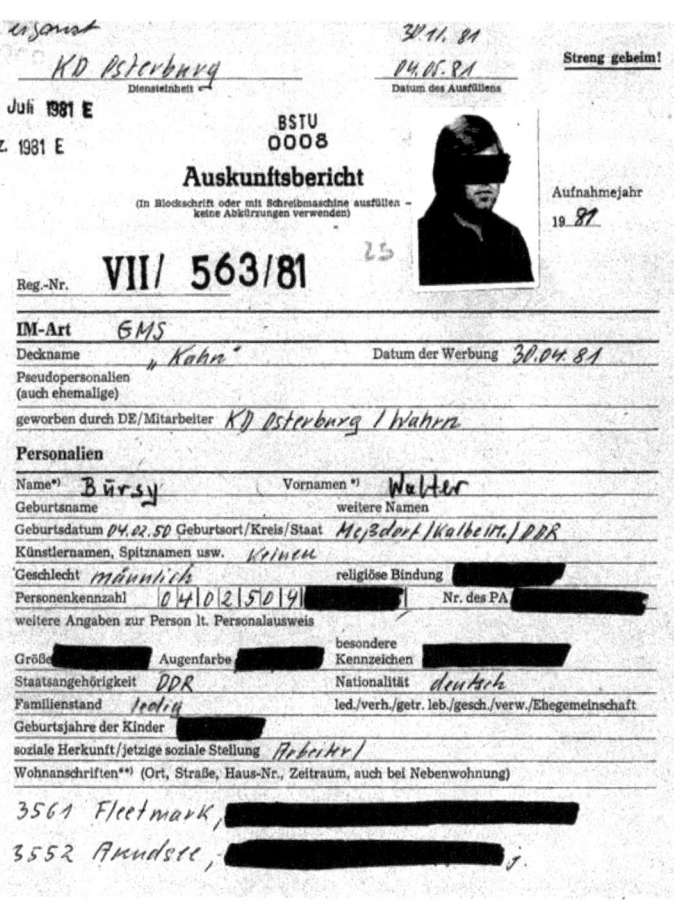

Abb. 4 : Stasispitzel Walter Bursy. (Schiffsführer im Erholungswesen)

Dienstag, der 9. Oktober 1990. Die Mathe-Klassenarbeit wurde an diesem Morgen wie angekündigt geschrieben. Kein Problem. Dies war für Sebastian nur ein kleiner Fisch. Zahlen und Daten aller Art, ja, die mochte er. Fächer wie Geo oder Russisch eher nicht. In Geschichte nervte früher oft der sogenannte »Rote Faden«, welcher sich an alle

Themen klammerte. Das änderte sich jetzt. Einige Schüler arbeiteten im Schuljahr 1990/91 mit Restbeständen aus der Bundesrepublik, welche dankenswerterweise durch Partner-Gemeinden bereitgestellt wurden. Andere Mitschüler hingegen bekamen aktualisierte, auf den gültigen Lehrplan der DDR abgestimmte Neuausgaben vom Diesterweg-Verlag. Auf denen befand sich ein 10,5cm mal 7,5cm großer gelber Aufkleber. »So ein Witz«, dachte Sebastian. »Exakt vor einer Woche ist die DDR zu Grabe getragen worden und auf dem Aufkleber steht doch allen Ernstes; ... eine aktualisierte, auf den gültigen Lehrplan der DDR abgestimmte Neuausgabe ... Sehr seltsam!«

Dieser Dienstagvormittag verging wie im Fluge. In den Pausen diskutierten alle untereinander. Diese Zeit des Um- und Eingewöhnens beschäftigte Lehrkräfte, Schüler und deren Eltern. Erste Gerüchte im Lehrerkollegium machten die Runde. Es hieß, dass sich alle Lehrer neu bewerben müssten, wenn sie weiterhin unterrichten wollten. Dieses sich »Neubewerben« verunsicherte alle Betroffenen. Wie würde das in die Praxis umgesetzt werden. Soll dieses Prozedere schriftlich geschehen oder wären mündliche Aussprachen ausreichend? Fragen über Fragen, die auch vom Direx einer Schule nicht beantwortet werden konnten.

Sebastian freute sich bereits jetzt auf die kommende Woche. Vom 15. bis zum 19. Oktober sind Herbstferien, dachte er. Eine Woche, die genutzt werden könnte, um Opa-Walther zuzuhören.

Sie verabredeten sich zu einer gemeinsamen Zeitreise. Die kommenden Tage sollten ereignis- und lehrreich werden. Und in der Tat, beide kamen nicht zu kurz. Ein Geben und Nehmen. Reden und konzentriertes Zuhören gepaart mit ausgiebigen Fahrradtouren, um den Kopf frei zu bekommen.

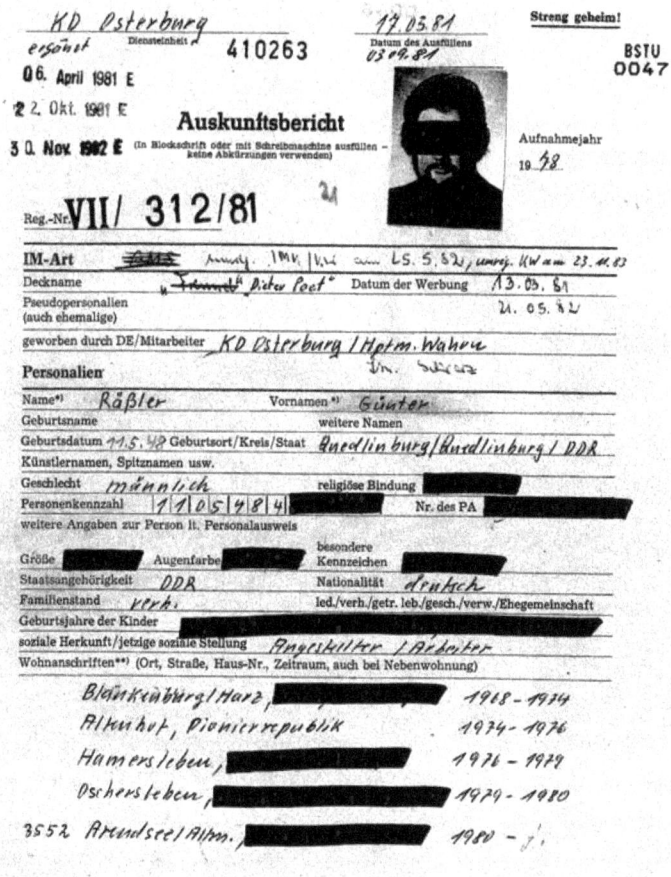

Abb. 5 : Stasispitzel Günter Räßler (Zentrales Pionierlager Arendsee)

Strastwuitje Towarischtsch

Opa-Walther knüpfte bei seinen Erläuterungen im Jahre 1945 an. Dem Jahr, in welchem sein Vater erneut heiratete. Die schöne Irina wurde nun seine Stiefmutter. Irina war eine attraktive junge Kommunistin und Mitarbeiterin des sowjetischen Volkskommissariats für Staatssicherheit, kurz NKGB. Sie war nicht nur von der Richtigkeit ihres Tuns überzeugt, sie begeisterte auch andere für ihre Ideen und das tat sie in einem, mit einem russischen Akzent behafteten, guten Deutsch.

»Tja, lieber Bastian«, meinte Opa-Walther, »die Nachkriegszeit - das reinste Chaos. Mein Vater, Irina und ich beschlossen, dass ich weiter zur Schule gehen sollte. Ab Herbst 1945 besuchte ich die Deutsche Einheitsschule. An der dortigen Oberschule legte ich später meine Reifeprüfung ab. Der Schulbetrieb war abenteuerlich. Unsere Mitschüler aus der Stadt, selbst einige Neu- und Junglehrer schoben mächtig Kohldampf. Daher tauschten sie alles Mögliche gegen Pausenbrote und frisches Obst ein. Tauschgeschäfte und Schiebereien standen auf der Tagesordnung. Wir vom Lande kamen meist wohlgenährt zur Schule. Wir nutzten alle Möglichkeiten der Selbstversorgung. Vaters Verbindung zu den Russen und der KPD, die er seit Herbst 1943 heimlich unterhielt, sowie die neue Ehe mit Irina brachten uns viele

Vorteile. Wir hatten immer genug zu essen. Vater arbeitete bald für die SMAD. Das war hier zeitweise eine der mächtigsten Behörden. Übrigens Bastian, SMAD ist das Kürzel für die sogenannte »Sowjetische Militäradministration« in Deutschland. Und diese unterhielt engen Kontakt zum SMT, dem Sowjetischen Militärtribunal. Diese hat meinen Vater, also deinen Uropa, den du nicht mehr kennenlernen durftest, für den Aufbau der sogenannten »Deutschen Verwaltung des Innern« interessiert und angeworben. Innerhalb der DVdI standen wichtige Änderungen der Polizeistrukturen an. »Mein Vater«, ergänzte Opa-Walther, »sollte dafür sorgen, dass die Abteilungen der politischen Polizeien zu einer neu zu gründenden »K5« umgebildet werden. Ab Anfang 1947 gehörte sie offiziell zur Kriminalpolizei. Daher das Kürzel K5. Ich bewunderte meinen Vater. Es muss für ihn eine äußerst spannende Zeit gewesen sein. Er erzählte mir hin und wieder von seiner Arbeit, dann sprühte er förmlich vor Faszination und diese Faszination, mein lieber Bastian, ergriff wiederum mich. Ich selbst ging zu jener Zeit in die 10. Klasse der Oberschule und ich dachte oft über mein zukünftiges Leben nach, denn es stellte sich die elementare Frage, was ich nach meiner Reifeprüfung tun würde. Sollte ich studieren oder anfangen, Geld zu verdienen? Das war keine leichte Entscheidung.«

»Opa?« »Ja, Bastian?« »Ich würde gerne wissen, welche Aufgabe die K5 hatte. Was gab es für deinen Vater dort zu tun?« »Naja, Bastian, die K5 wurde auch zur Entnazifizierung ehemaliger NS-Größen eingesetzt, war also im politischen Umfeld tätig. Sie unterstützte die sowjetischen und deutschen Behörden in diesen Dingen.« »Und weiter?«, unterbrach Sebastian. »Sie beobachtete zusätzlich die Aktivität diverser der SBZ gegenüber feindlich gesinnter Gruppierungen. Des Weiteren gehörte die Aufklärung der Tätigkeiten der sogenannten »Organisation Gehlen« sowie die Abwehr zahlreicher Sabotageaktivitäten gegen unsere Einrichtungen zu ihren Aufgaben. Die Organisation Gehlen bestand auch aus zahlreichen ehemaligen NS-Schergen. Dazu zählten unter anderem viele SS-, SD- und Gestapo-Leute. Diese bekamen von Bekannten und Mitläufern sogenannte »Persilscheine« - wie man damals sagte - ausgestellt. Einige führende NS-Größen hatten sich bereits zu Kriegszeiten ein umfangreiches Wissen über russische bzw. sowjetische Militärstrukturen angeeignet. Dieses Wissen nutzten sie nun, um straffrei davonzukommen. Und das wiederum ärgerte meinen Vater zutiefst. Dieser Umstand ließ ihn nicht zur Ruhe kommen, da er ihn als eine große Ungerechtigkeit empfand. Er verhielt sich dann wie ein hungriger Hund an einer viel zu kurzen Leine. Die Entnazifizierung«, fuhr Opa-Walther fort, »wurde in der Sowjetzone und der späteren DDR offensichtlich deutlich ernster als bei den Westalliierten genommen. Die alten Nazis sollten in unserem System und in unseren Herzen keinen Platz bekommen. Von den Ausnahmen, mein lieber Bastian, die gemacht wurden, habe ich erst in den 50er Jahren erfahren.

In den westlichen Besatzungszonen wurde augenscheinlich nicht so genau hingesehen. Dort kamen belastete NS-Leute recht zügig wieder in Lohn und Brot und somit auch in diversen Ämtern und Behörden unter.

»Ja und dann, Opa?« »Was meinst du mit, und dann, Bastian?« »Naja, hast du später studiert oder bist du arbeiten gegangen?« »Ah, verstehe ... nachdem ich im Sommer 1949 die 12. Klasse der Oberschule abschloss, faulenzte ich zwei Monate. Die brauchte ich auch, denn ich war vom steten Lernen ziemlich geschlaucht. Den ersten Teil meiner Auszeit verbrachte ich an der Ostsee westlich von Warnemünde. An der steinigen, familienunfreundlichen Steilküste fand ich die nötige Ruhe. Dort konnte man herrlich Nacktbaden. Wenn dann doch mal jemand vorbei kam, dann bedeckte ich mich kurzerhand mit einem Handtuch. Allabendlich kam ein älterer Herr samt Hund in meine Richtung. Er hielt gebührenden Abstand. Dann folgte immer das gleiche Prozedere. Er nahm kleine Steine in die Hand und warf sie ins Wasser. Sein Schäferhund nahm Anlauf und sprang hinterher. Während sein Hund umher paddelte, zog sich sein Herrchen - als wäre es das Normalste auf der Welt - Stück für Stück aus. Zwischendurch warf er wiederum mit Steinchen oder kleinen Ästen. Bereits nach kurzer Zeit war der Mann, splitterfasernackt. Seine Bekleidung legte er ordentlich in den trockenen Sand. Dann ging auch er - den spitzen Steinen geschuldet - langsam gehend ins Wasser. Beide tobten herrlich herum. Es war eine Freude, Mensch und Tier so ungezwungen und fröhlich zu sehen. Eine Woche lang Bastian, jeden Abend das gleiche Schauspiel. Herrchen, Hund, Steine werfen und ab ins Wasser. Eines Abends, es mochte knapp halb neun gewesen sein, da kamen beide langsam auf mich zu. Ich legte mir mein Handtuch zwischen meine Beine, denn ich wollte keinen Ärger. Die beiden hielten circa 20 Meter Abstand. Der treue Vierbeiner schaute fragend zu seinem Herrchen. Dieser verstand dessen fragenden Blick sofort. Mit großem Eifer hechelte des Menschen bester Freund einem fliegenden Ästchen hinterher, nahm diesen auf und brachte diesen schwanzwedelnd zurück. Der ältere Herr rief zu mir herüber. »Junger Mann, nicht erschrecken, darf ich Sie mal ansprechen?« »Ja gerne«, erwiderte ich. Er kam jetzt mit den Worten: »Genieren Sie sich bitte nicht«, auf mich zu. »Hier gibt es einige Nackedeis, kein Problem. Ich habe bemerkt«, fuhr er fort, »dass Sie gelegentlich nach kleinen Steinchen Ausschau halten ... nehme an, das sie nach Hühnergöttern oder nach Donnerkeilen suchen, richtig?« »Stimmt genau«, erwiderte ich. »Gut so«, meinte er. »Sie sind noch sehr jung und können es nicht wissen, aber ich möchte Sie unbedingt vor Schaden bewahren. »Hier am Strand«, ergänzte er, »finden sich zahlreiche kriegslistige Hinterlassenschaften an. Einige davon ähneln - in Form und Farbe - dem beliebten Bernstein. Im Kriegsjahr 1943 haben die Engländer Bombenangriffe geflogen. Sie luden ihre todbringende Fracht, nicht nur über Rügen oder Peenemünde, sondern oft auch hier bei uns in Hafennähe ab. Ich spreche speziell von Brandbomben, unterschiedlichster Art. Diese sind nicht immer explodiert. Sie liegen hier nun auf dem Meeresboden. Sie wurden mit dem weißen oder gelben Phosphor bestückt. Der gelbe Phosphor ähnelt dem besagten Bernstein. Vorsichtig streckte der ältere Herr mir seine rechte Hand entgegen. »Sehen Sie«, ergänzte er ... »mir fehlt ein Stück vom Daumen sowie die Fingerkuppe des Zeigefingers. Amputiert! Den Krieg habe ich unversehrt überstanden und dann das. Beim Bernsteinsammeln ergriff ich in irriger Annahme einen Phosphorklumpen. Als dieser in meiner Hand trocknete, da entzündete er sich plötzlich. Zu Tode erschrocken lief ich instinktiv zum Wasser, aber es half nichts. Ich konnte diesen klebrigen Klumpen nicht nachhaltig löschen. Er entflammte immer wieder. Erst im feuchten Ostseesand erlosch der Schmerz. So kann es einem gehen, junger Mann, also schön aufpassen! Wir brauchen jetzt jede helfende Hand für den Wiederaufbau.« »Der ältere Herr lächelte freundlich, während er dies sagte. Sein treuer Freund schnüffelte an meinen Füßen und an meinem Knie herum, schien aber kein wirkliches Interesse an mir zu haben. Ich erinnere mich nur noch, dass er auf den Namen »Harras« hörte. Anschließend gingen wir alle drei ins Wasser. Keine Menschenseele, nur wir drei ... der ältere Herr, sein kaltschnäuziger Freund und ich. Wir unterhielten uns ein wenig und warfen Harras gelegentlich etwas zu. Später tauschten wir noch unsere Adressen aus. Dann ging jeder wieder seiner Wege. Wir haben uns nie wieder gesehen.

Die zweite Hälfte meiner Faulenzerzeit verbrachte ich am Arendsee, im Dunstkreis der britischen Zonengrenze. Dort war es rappelvoll. Da versammelten sich alle möglichen Dialekte und Charaktere, überwiegend Mütter und Kinder. Das ist ja klar, Bastian, wenn man bedenkt, dass die meisten Männer und Väter gefallen waren oder sich in Kriegsgefangenschaft befanden. »Der Krieg«, meinte Opa-Walther, »ist nur für diejenigen gut, die nicht selber hingehen müssen. Er dient ausschließlich jenen zweibeinigen Exemplaren, die ihre Kriegsspiele auf modellhaften Schlachtfeldern durchplanen, den Politikern und anderen Unbelehrbaren.

Am Arendsee trafen sich damals nach dem Krieg nicht nur Touristen«, erklärte Walther. »Auch Schieber und Kuppler sowie Sympathisanten diverser politischer Gruppen kamen zusammen, um Waren, Meinungen oder Informationen aller Art auszutauschen. An eine Begebenheit«, fuhr Opa fort, »kann ich mich noch gut erinnern. Ich hielt mich gerne am Ostufer des Arendsees auf, da diese Badestelle nicht so hochfrequentiert war. Nur hier und da ein paar versprengte Liebespaare natürlich. Und was soll ich dir sagen, Bastian, eines Abends, es war noch angenehm warm, da hörte ich Stimmen in der Dämmerung. Erkennen konnte ich niemanden, aber deren Stimmen habe ich noch im Ohr. Männliche Stimmen mit unüberhörbar britischer Herkunft tauschten sich mit anderen, osteuropäischer Herkunft aus. Dazu gesellte sich noch eine Weibliche, welche englisch, deutsch und russisch sprach. Ich vernahm nur ein Flüstern. Mir war unheimlich zumute. Ich rührte mich nicht, gab keinen Mucks von mir. Hoffentlich entdecken sie mein Fahrrad nicht, dachte ich und wenn doch, dann müsste ich, wohl oder übel, nach Hause laufen. Der leichte warme Sommerwind drehte ein wenig, sodass ich der Unterhaltung dieser geheimnisvollen Fremden etwas besser folgen konnte. Ich vernahm Wortfetzen wie »Ziemendorf« und »Treffen in der Reuterbucht.« »Mir war immer noch unwohl bei dem Gedanken, entdeckt zu werden. Würde man mich einfach so gehen lassen? Mein Herz pochte. Nach geschätzten 20 Minuten war der Spuk vorbei. Es war niemand mehr zu hören. Mein Rücken und die Hose waren durch das lange Verweilen im Gras angefeuchtet. Ich zog mir die trockenen Klamotten aus der Satteltasche an und beschloss, mich auf den Heimweg zu machen.

Abb. 6 Signalzaun der Straße von Ziemendorf nach Gollensdorf. Links: Tor. – Rechts: Wirlspitze

Zu Hause erzählte ich meinem Vater sowie Irina von meiner Entdeckung. Irina machte sich sofort handschriftliche Notizen, während Vater weiterhin gezielt und detailliert nachfragte. Beide redeten anschließend auf mich ein und baten inständig darum, die Gegend um Ziemendorf und Zießau in den kommenden Tagen zu meiden, da es für mich gefährlich werden könnte. Dieser nachdrücklich vorgetragenen Bitte durfte ich nicht widersprechen. Punkt und keine Widerrede, hieß es. Rückblickend muss ich eingestehen, dass meine Eltern recht behalten sollten.« »Das ist ja spannend«, meinte Sebastian. »Ich mag mir gar nicht vorstellen, was die Fremden - im Falle deiner Entdeckung - mit dir gemacht hätten. Ein Tritt in den Hintern wäre dir doch wohl sicher gewesen, oder, denn du hattest vieles mit angehört und hättest sie daraufhin verraten können! Gut, dass damals nichts passiert ist, stimmts?« Walther Herzberg nickte zustimmend. Damit beendete er seine Erzählungen für diesen Tag.

Am Tag darauf fuhren beide mit ihren Fahrrädern Richtung Arendsee, denn Sebastian wollte von seinem Opa gern jene Stelle gezeigt bekommen, an welcher dieser die geschilderten Minuten - vor Jahrzehnten - miterlebte. Es war kein leichtes Unterfangen, da sich der See von Jahr zu Jahr ein wenig veränderte. Walther schien die ungefähre Lage der damaliges Ereignisse ausgemacht zu haben. Sebastian und sein Opa legten eine Rast ein, lehnten ihre Fahrräder an eine Eiche, packten ihre mitgebrachten Frühstücksbrote aus und genossen den noch heißen - in eine Thermosflasche abgefüllten - Kaffee. »Hier am Arendsee ist ein sonniger goldener Oktobertag immer reizvoll«, meinte Walther. Währenddessen zückte er seine Spiegelreflexkamera, legte sie auf einen Baumstumpf und ließ den Selbstauslöser seine Arbeit tun. Die Kamera war äußerst robust, fast wie aus einem Stück gegossen. Opa-Walther schwor auf seine »Zenit 12 XP« russischer Bauart. Sie war schwer, aber zuverlässig. Mit ihr konnte man herrliche Aufnahmen machen, sofern man sie zu bedienen wusste.

Anschließend setzten beide ihre Fahrt in Richtung der ehemaligen innerdeutschen Grenze fort. »Nur der Ordnung wegen, Bastian«, belehrte Opa-Walther, »diese Grenze wurde in unserem DDR-Wortschatz als »Antifaschistischer Schutzwall« bezeichnet und behördenintern als »Staatsgrenze-West« betitelt. Die westdeutschen Bürger sagten »Zonengrenze oder Demarkationslinie« kurz DL.« Jetzt endlich löste Walther sein Versprechen Sebastian gegenüber ein, ihm den Kolonnenweg der ehemaligen DDR-Grenztruppen zu zeigen. Die Fahrradtour dorthin war für beide erholsam und zugleich eine Geschichtsstunde der besonderen Art. Sebastian stellte diverse Fragen, die wiederum durch seinen Opa mit Bravour und ohne Geschwafel - wie auswendig gelernt - beantwortet werden konnten. Diese Tatsache beeindruckte ihn erneut - noch nicht ahnend - warum dies so war. Sie fuhren, dem Grenzverlauf folgend, weiter Richtung Bömenzien zum sogenannten »Wildschweineck« gegenüber dem niedersächsischem Ort Gummern. Dort angekommen kletterten sie auf einen circa 1 Meter 50 aus dem Erdboden ragenden Unterstand der ehemaligen DDR-Grenzaufklärer, um die herrliche Aussicht zu genießen. Opa-Walther zwinkerte seinem Enkel zu. Dieser stutzte zunächst, doch als Opa ein kleines Fernglas aus der Jackentasche zog, wurde klar, dass dieser stets vorausdachte. Es herrschte eine klare Sicht und man konnte zusehen, wie sich zahlreiche Vogelschwärme unterschiedlichster Art versammelten. Man hätte bei diesem Lärm meinen können, dass hier nun alle flugfähigen Exemplare - hinsichtlich des nahenden Winters - zu intensiven Beratungen zusammentreffen. Es wurde geschnattert, gekrächzt. Das war insbesondere für Sebastian ein unvergesslicher Augenblick. Beide Radler setzten ihre Tour am frühen Nachmittag in südöstlicher Richtung fort. Nach einer kurzen Weile erreichten sie die ehemalige Siedlung Stresow. Ein Gehöft stand noch, der Rest wurde vor Jahrzehnten, zwecks Sicherung der Staatsgrenze-West, geräumt und dem Erdboden gleichgemacht. Walther hielt an und stieg vom Fahrrad, um seinem Enkel einige ihm bekannte Details zu erläutern. Er deutete mit der ausgestreckten Hand in die nördliche Richtung und wies in kurzen Sätzen darauf hin, dass im 500-Meter-Schutzstreifen ...

Sebastian unterbrach Walthers Redefluss entschuldigend mit dem Hinweis, dass er sich etwas notieren möchte, er sich auf die Schnelle nicht alles merken könne und das Ganze sehr interessant sei. Dieser zeigte sofort Verständnis und fragte: »Hast du alles dabei, Bastian?« »Aber klar«, erwiderte Sebastian, »Pionierehrenwort!« Sie lachten und sahen sich an. Wie abgesprochen sagten beide laut: »Gelernt ist gelernt.« Walther legte einen Arm um seinen Enkel, gab ihm Wärme und zeigte, dass er stolz auf ihn war.

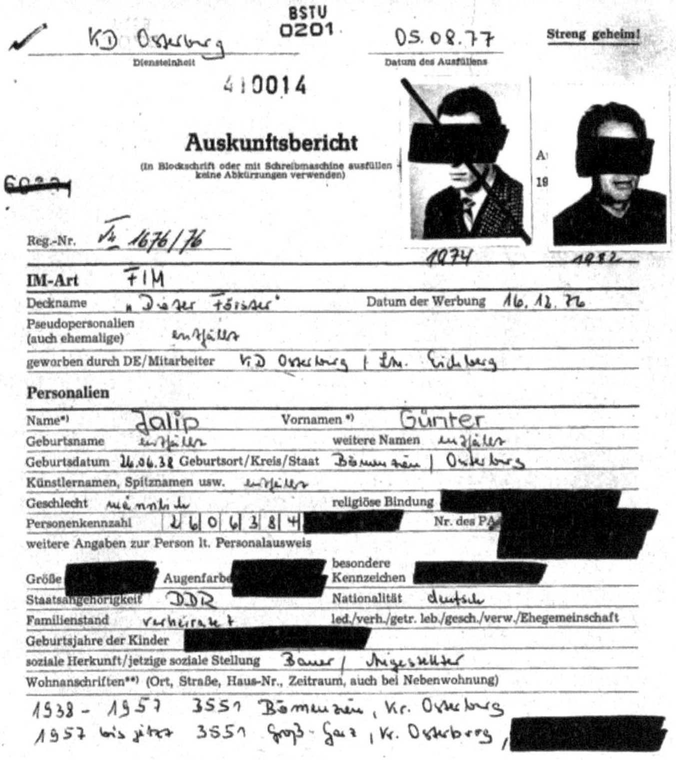

Abb. 7 : Stasispitzel und Führungs-IM Günter Jalip. (VPKA – ABV Groß Garz)

Nach dieser unplanmäßigen Unterbrechung folgten ergänzende Erklärungen und Hinweise zu einer ihm bekannten Familie namens Granzow in der besagten Siedlung. »Diese wurde auf Beschluss der Kreiseinsatzleitung der SED in Osterburg umgesetzt, also zwangsausgesiedelt. Die

Bezirks- und Kreisleitung der Partei führte dabei schriftlich auf, dass die Umsiedlung der Familie sowie der Rückbau der Gebäude nebst Wohnhaus aus Gründen der Sicherheit erforderlich sei.« Sebastian fragte nun, wann das in etwa gewesen sei. Walther meinte, was die Zwangsaussiedlung anbeträfe, sich an Maßnahmen im Oktober 1961 erinnern zu können. In diesem Zusammenhang wären auch alle vom Westen kommenden oder dorthin führenden Stromleitungen, Telefonkabel und andere Verbindungen gekappt worden. Auch Straßen und Wege gehörten dazu. Selbst einige Gräben blieben nicht verschont. Diese wurden kurzerhand umgeleitet oder zugeschüttet. Durch den Abbruch der Wohn- und Wirtschaftsgebäude im Februar und März 1962 konnte der Vorgang *Stresow* abgeschlossen werden. Sebastian hing an Opas Lippen und schien ungläubig zuzuhören, sodass sich Walther bemühte, die eingesetzte Nachdenklichkeit durch Positives zu überdecken. Er meinte: »Pack mal deinen Kugelschreiber weg, Bastian. Wir wollen an so einem schönen Tag keine Trübsal blasen. Wenn du Genaueres wissen willst, dann sehen wir einfach in den von mir gehorteten Akten nach, in Ordnung?« Ihre Rücktour führte beide über die Dörfer Aulosen, Wanzer, Scharpenhufe, die Kleinstadt Seehausen bis zu ihrem Heimatort.

Der erlebnisreiche Tag und die gemeinsamen Abendstunden am heimatlichen Lagerfeuer zerrten an Walther Kräften. Er war durch die stattliche Anzahl an Kilometern ihrer Fahrradtour sichtlich erschöpft. Gegen 21 Uhr verabschiedete er sich an der heruntergebrannten Feuerstätte mit einem liebevollen Abendgruß und dem Hinweis, dass morgen ein neuer Tag sei und er diesen mit frischem Elan beginnen wolle. Es wäre für ihn nun Zeit, zu Bett zu gehen, ergänzte er. Sebastian und seine Eltern, die sich an diesem Abend noch dazugesellt hatten, empfanden ebenso.

Die schöne Sarah

Donnerstag, der 18. Oktober 1990. »Es bleiben uns noch genau drei Tage«, meinte Walther. »Ab Montag geht für dich die Schule wieder los, mein lieber Bastian. Du möchtest sicherlich noch einiges mit deinen Freunden unternehmen. Tue dir also einen Gefallen und beherzige einen Ausspruch, der da lautet: »Nimm dir Zeit für deine Freunde, sonst nimmt die Zeit dir deine Freunde!« »Ich habe in meinem Leben oft und lange über diese Weisheit nachgedacht. Sie ist für mein Dafürhalten, so alt sie auch sein mag, zeitgemäß und er trifft genau ins Schwarze!« »Vielleicht hast du recht, Opa. Ich werde zum Bolzplatz fahren«, erwiderte Sebastian. Er holte sich sein Fahrrad aus dem Unterstand der Scheune, pumpte ein wenig Luft auf die Fahrradreifen und fuhr los. Auf dem Weg dorthin vernahm er bereits Rufe und Stimmen, die vom Bolzplatz kamen. Das fetzt ja, dachte Sebastian. »Hey Robert, du alte Pflaume!«, rief er. »Na, du must dich melden!«, erwiderte Robert Hirschmann. »Wo warst´n die ganze Zeit? Hab´ zweimal bei euch geklingelt und zweimal eine Abfuhr bekommen. Du wärst mit deinem Opa auf Fahrradtour hieß es, stimmt das?« »Natürlich, Robert, meinst du, meine Eltern lügen dich an?« »Spiel nicht gleich die beleidigte Leberwurst«, meinte Robert. »Ich hatte zwischendurch Langeweile. Weiß nicht ... wollte vielleicht nur etwas angeben, denn mein Vater wird bald sein Autohaus bauen, mit Werkstatt und Imbissecke, versteht sich. Bin ganz stolz auf meinen Alten. Er hat schon alles unterschrieben und den Unternehmensberater bezahlt. Jetzt fehlt nur noch die Kreditzusage der Bank und dann geht´s ab.« »Wie, dann geht´s ab?«, fragte Sebastian nach. »Man, Junge«, frotzelte Robert, »bist du heute schwer von Begriff? Bald wird richtig abgesahnt, verstehst du. Mineralien ... Kohle, Kies, Schotter ... ist doch klar und später werde ich der Juniorchef. Dann fahre ich auch so ´n dicken Westwagen, wirst sehen!« »Langsam, langsam, bleib´ auf dem Teppich Robert! Glaubst du ernsthaft, dein Daddy ist der Einzige, der hier ein Autohaus samt Werkstatt errichten will? Er wird mit Konkurrenten rechnen müssen und mit Neidhammeln sowieso!« Robert machte ein säuerliches Gesicht. »Ich glaube, du gönnst uns unseren Erfolg nicht!«, entgegnete Robert. »Quatsch«, sagte Sebastian, »ich will dir doch nichts Böses, das weißt du doch!« »Komm«, ergänzte er, »lass´ uns noch einwenig herumtoben. Danach lade ich dich zu einer Portion Pommes ein - o. k.?« Robert nickte zustimmend, denn er wusste im Grunde, dass sein Gegenüber nicht nur sein bester Kumpel, sondern vielmehr ein aufrechter Freund war.

Sie kratzten ihre letzten Groschen zusammen. Dann bestellten sie sich jeweils eine Riesencurrywurst mit Pommes rot-weiß und eine richtige Cola dazu, nicht diese nachgemachte, nein, hier gab´s die richtige Cola, die aus der Fernsehwerbung. »Junge, Junge«, meinte Robert, »ich bin pappesatt!« Dabei stieß er einen mächtigen Rülpser hinterher, richtig laut. Sebastian mochte solch ein Verhalten überhaupt nicht. Es war ihm augenblicklich peinlich, so dicht neben Robert stehen zu müssen, aber er ließ sich nichts anmerken.

Aus der Ferne sahen sie eine Fahrradfahrerin auf sich zukommen. Sebastian erkannte sie zuerst. Es war Sarah. Sie sollte für ihre Familie knusprige Broiler holen. Hier gab´s die Besten weit und breit. Sarah war Klassensprecherin und in Sebastians Augen wunderschön. Er schätzte ihre Intelligenz und ihre Direktheit. »Mach den Mund zu, Sebastian!«, sagte sie lächelnd, während er rot wurde und im Boden zu versinken drohte. Sie war sexy und doch burschikos. Sie trug früher bereits West-Klamotten, lange vor der Wende. Ungeschminkt ging sie nicht mehr aus dem Haus. Sie wirkte zunehmend reifer, wurde eine richtige Modepuppe und das wusste sie auch. Sie zeigte sich gerade den männlichen Lehrern gegenüber von ihrer besten Seite. Das Spiel mit den Reizen schien ihr schon recht früh zu gefallen, sicher auch wegen der guten Noten. Sie entwickelte offensichtlich ein feines Gespür für das richtige Maß, um nicht zwischen neidischen Blicken von Mitschülern und geil-gaffenden Kerlen zerrieben zu werden. All jene, die sie kannten, wussten das, aber niemand schien es ihr ernsthaft übel zu nehmen. »So, Fräulein, das macht dann.« Doch bevor der Imbissinhaber den Preis für Broiler und Co. nennen konnte, da hatte er auch schon von Sarah das Geforderte plus Trinkgeld mit den Worten: »Schon gut, stimmt so«, in die Hand gedrückt bekommen. Dann nahm sie ihre Tüten, setzte sich aufs Fahrrad und entschwand mit den Worten: »Na dann, bis morgen, Jungs!«

Am nächsten Tag trafen sich die Drei, um gemeinsam etwas zu unternehmen. Sie hatten allerdings keinen richtigen Plan. »Das ist ja hier wie bei der Olsen-Bande«, scherzte Sarah. »Was ist los Jungs?, Macht euch gefälligst einen Kopp!« »Ich habe einen Plan!«, zitierte Sebastian mit erhobenem Zeigefinger. »Ich heiße zwar nicht Egon, aber ich denke, es wäre eine runde Sache, wenn wir noch'n Mädel abholen. Dann sind wir zu viert und könnten durch die Stadt ziehen, Eis essen oder ins Kino gehen. Was meint ihr?« »Nicht schlecht«, stimmte Robert zu. Auch Sarah war sofort einverstanden und schlug vor, Tatjana aufzusuchen. Tatjana spielte Klavier, das verriet das halb offenstehende, tönende Fenster im ersten Stock. Sarah klingelte und bat in ihrer unverwechselbaren frechen Art um Einlass, welcher jedoch von Tatjanas Vater abgeblockt wurde. Tatjana kam zur Tür. »Komm doch bitte mit!«, bat Sarah. »Bitte, deinem

Klavier werden schon keine Flügel wachsen. Du bist meine beste Freundin, also mach schon. Zieh dich um - ja?« »Locker bleiben, Leute!«, meinte Tatjana. »Kommt einen Moment herein! Ich will mich etwas anputzen, dann können wir los.« Eine tiefe kräftige Stimme rief genervt aus dem Wohnzimmer. »Tatjana, lass den Mist mit der vielen Schminke. Die ist gar nicht gut für deine Haut. Du schmierst dir nur die Poren zu und übermorgen jammerst du wieder über die vielen Pickel in deinem Gesicht.« »Boah, Papa, du bist peinlich, echt mal«, erwiderte sie genervt vor dem Badspiegel stehend. »Hast du wenigstens fünf Mark fürs Kino, Papa?«, flüsterte sie. »Ja gut - hier und lasst euch nicht von Fremden anquatschen, man weiß nicht, wer sich neuerdings hier so rumtreibt!« Mit diesen Worten brachte Tatjanas Vati alle vier zur Tür, schaute noch eine Weile hinterher, drückte dann die schwere Haustür ins Schloss und schob den erst kürzlich von innen angebrachten Riegel in seine Arretierung. Die vier jungen Leute verbrachten gemeinsam den Rest des Freitags. Sie hatten eine Menge Spaß, setzten sich in die neu eröffnete Eisdiele und genossen in der Filmklause einen angesagten Action-Film mit Arnold Schwarzenegger.

Geheimnisvoller Zweitaktmief

Samstag, 20. Oktober 1990. »Hast du morgen schon etwas vor, Bastian?« »Nö«, erwiderte er, »wieso fragst du?« »Wir könnten ein wenig herumfahren und dann in die Pilze. Es ist genau die richtige Zeit und warm genug ist es erstaunlicherweise auch noch. Sie schießen jetzt wie die Weltmeister aus dem Boden; warten nur darauf, gesammelt zu werden. Kommst du mit?« »Aber bitte nicht wieder mit dem Fahrrad, ja, Opa, mir tut von der langen Fahrt noch immer der Hintern weh! Ich bräuchte unbedingt einen weicheren Sattel.« »Keine Angst, Bastian«, besänftigte Walther, »wir nehmen das Auto.« »Na gut - weil du´s bist, erwiderte Sebastian. »Noch was, Bastian, ich verspreche dir, dass du dich nicht langweilen wirst.« Walther zog - während er dieses sagte - die Augenbrauen hoch, kniff die Lippen zusammen und nickte gleichzeitig mit dem Kopf. »Du scheinst dir ja deiner Sache ziemlich sicher zu sein«, meinte Sebastian, »also, was das Langweilen anbetrifft.« »Ja, ja, ja, ganz sicher«, betonte Opa-Walther, »du wirst sehen!«

Am Sonntag gegen halb zehn holte Walther Monis Wartburg aus der Garage. Er hatte zwischenzeitlich das Türschloss erneuert. Nun brauchte niemand mehr umständlich den Weg über den Beifahrersitz zu nehmen. Kurti die Niete, schien in den Winterschlaf gefallen zu sein. Sein Schwiegervater war es leid, ihn ständig antreiben zu müssen. Schon an einer so winzigen Aufgabe scheiterte Kurt. »Selbst ist der Mann«, meinte Walther zu Beginn der Fahrt. Sebastian seufzte und nickte nur wortlos, denn er wusste, dass sein Vater Kurt langsam aber sicher den Boden unter seinen Füßen zu verlieren schien. »Was soll ich machen, Opa? Ich fürchte mich vor dem, was kommen könnte, verstehst du? Papa trinkt viel zu viel und vor allem viel zu oft, auch vormittags schon. Ich mag gar keine Freunde mit nach Hause bringen. Ich würde mich schämen. Kannst du ihm nicht helfen, nur ein wenig vielleicht?« »Ich glaube Bastian, ich werde meine Muskeln spielen lassen!« Sebastian schaute seinen Opa ungläubig und fragend an. Da platzte auch schon die Frage aus ihm heraus. »Ähm, Muskeln, willst du seine Depressionen aus ihm herausprügeln?« »Ja, wenn es sein muss, schon« erwiderte Walther, »denn so geht's nicht weiter.« Beide schauten sich kurz an. Walther setzte den Blinker. Nun wechselten sie von der F-189 nach links auf die F-190 Richtung Arendsee. »Jaja«, seufzte Walther. »Alles ändert sich, stetig und mit rasender Geschwindigkeit. Aus dem F wird ein B und aus den Broilern Hähnchen.« »Das verstehe ich nur zur Hälfte Opa. Die Sache mit dem Broiler, den die Wessis als Hähnchen bezeichnen, die ist klar. Aber warum wird aus einem F ein B, das kapiere ich nicht!« »Schau mal auf den Zusatz am Verkehrszeichen, da steht F190. Das F steht für Fernstraße. Manche Bürger meinen, es stünde ironischerweise für Feldweg. Naja, wie dem auch sei. Aus dem F wird ein B. B für Bundesstraße.«

Höhe Tannenkrug fiel Sebastian plötzlich ein, dass sein Opa die Frage, wie es damals nach dessen Schulzeit weiterging, noch nicht beantwortet hatte. Bastian bohrte also noch einmal vorsichtig nach. »Also Bastian«, ergänzte sein Opa, »das war so: Mein Vater war, wie du bereits weißt, bei der K5. Im Oktober 1949 wechselte er zur Hauptverwaltung zum Schutz der Volkswirtschaft. Er sorgte - sicherlich auch durch seine guten Verbindungen zu den Russen - dafür, dass ich dort vorstellig werden durfte. Sie alle nahmen mich herzlich auf. Die ersten Monate schleppte ich nur versiegelte Akten oder anderes Zeug von A nach B und wieder zurück. Das änderte sich, nachdem man feststellte, dass ich einen klaren Klassenstandpunkt vertrat. Ab Januar 1950 begannen sie damit, mich endlich vernünftig auszubilden. Heute weiß ich, warum ich offensichtlich nur sinn- und belanglose Dinge erledigen durfte. Es war die Zeit meiner Sicherheitsüberprüfung. Die Verantwortlichen in der Verwaltung wollten sichergehen, dass die Neulinge die ihnen übertragenen Dinge zuverlässig und wiederholt ausführen, ohne Murren, ohne Widerreden. Leitende Mitarbeiter stellten Aufgaben und prüften, ob die Neuzugänge ehrlich waren und sorgfältig vorgingen. Ich war durch meinen Vater diesbezüglich rechtzeitig informiert und vorbereitet worden. Er war für mich ein guter Lehrmeister. Das half mir damals ungemein in dieser kurzen aber harten Probezeit. Um es kurz zu machen, Bastian, ich überstand diese Phase mit Bravour.

Es ist schon bemerkenswert. Als junger Mann durfte ich mit meinen achtzehn Lenzen die Staatsgründung der DDR am 7. Oktober 1949 miterleben. Am 3. Oktober 1990 erfuhr ich, wie es ist, wenn ein System ein anderes verdrängt. Dies ist summa summarum das dritte politische System, mit dem ich klarkommen muss. Erst Adolf, dann Erich und jetzt Helmut. Aber du bist mir ja dicht auf den Fersen Bastian. Ich konnte dich im sozialistischen Gefüge heranwachsen sehen und jetzt stülpen sie uns allen den Kapitalismus über. Jetzt musst auch du - genau wie ich damals - dich in ein anderes Umfeld hineindenken und vor allem hineinfühlen. Das wird Kraft kosten, aber du schaffst das wie auch ich vor vierzig Jahren. Früher dachte ich, wie es wohl wäre, wenn man 200 Jahre alt werden würde. Wie wäre das? Kann ein Mensch das aushalten, ohne verrückt zu werden? Naja, Bastian, die Frage stellt sich ja nun für mich nicht mehr. Du weißt ja, der Sensenmann kümmert sich in wenigen Monaten um mich. Aber lassen wir das. Heute wird´s spannend, hab´ ich dir versprochen. Also unsere kleine Sonntagsreise führt uns über Arendsee, Binde und Pretzier nach Salzwedel. Zwischen Pretzier und Salzwedel halten wir. Dort werden wir uns kurz die Beine vertreten.« Und so kam es. Walther setzte den Blinker rechts und bog im Schritttempo auf einen Feldweg an einem Birkenwäldchen ein. Dort bat er Sebastian, das im Handschuhfach befindliche Fernglas an sich zu nehmen. Beide stiegen aus und genossen die frische Luft. »Dreh´ dich nicht um, Bastian. Schau bitte durch das Fernglas Richtung Norden. Was siehst du?« »Ich sehe einen Turm, Opa. Steht da wie 'ne Zigarre!« »Genau, sieht aus wie eine Zigarre mit einer Wulst im oberen Drittel. Erkennst du die Verdickung Bastian?« »Ja, jetzt, wo du es sagst, ja, ganz deutlich. Was ist das für ein Turm?« »Da arbeitet der ehemalige Klassenfeind. Das ist ein Aufklärungsturm der Bundeswehr. Und wenn du dich um knapp 180 Grad umdrehst, dann schaust du direkt in die Augen der GSSD, der Gruppe der sowjetischen Streitkräfte in Deutschland. Diese Anlage dort drüben hinter den aufgeschütteten Erdwällen ist eine Aufklärungseinheit der Luftraumüberwachung. Die beiden Kontrahenten beäugen sich immer noch, so mein Eindruck«, meinte Walther. »Aber in Kürze gehört das alles auf den Schrotthaufen der Geschichte. Ganz in der Nähe befand sich die Luftraumüberwachung unserer eigenen Streitkräfte. Alle militärischen Einheiten, also die ansässige Hubschrauberstaffel, HS16, das Grenzregiment 24 und die GSSD haben auch in dieser Region bis zur Wende Hand in Hand gearbeitet. Das hat prima geklappt. Sie vertrauten einander. Des Weiteren luden sie sich gegenseitig zu wichtigen Empfängen und Paraden ein. An dieser Schnittstelle der Weltmächte und im Dunstkreis der innerdeutschen Grenze wurden regelmäßig die offiziell zugelassenen Fahrzeuge der Militärverbindungsmissionen der Westmächte gejagt, eingekesselt und festgesetzt. Dabei kam es zu Szenen, die in keinem Agentenfilm fehlen dürften, Bastian. Ohne Quatsch, es kam oft zu Verkehrsunfällen mit MVM-

Fahrzeugen, da sich die Insassen nicht an die offiziellen Abmachungen hielten. Die MVM-Beobachter gehörten meist zu den britischen und amerikanischen Aufklärern. Auch Franzosen waren gelegentlich in unserer Region. Doch für alle galt; sie spionierten, was das Zeug hielt. Sie entfernten regelmäßig Verbotsschilder in Bereichen, in denen sie nichts zu suchen hatten. Sie fuhren dann in die verbotenen Bereiche, beobachteten und fotografierten. Wurden sie gestellt, dann taten sie so, als ob sie von nichts wüssten. Sie betrieben ein stetes Katz- und Maus-Spiel. Leider sehr oft mit tödlichem Ausgang. So war das Bastian. Also, wir fahren jetzt noch ein Stück und dann sehen wir weiter.«

Mit Monis Wartburg ging´s weiter Richtung Salzwedel. Im sogenannten Altperver hielten sie erneut. Sebastian war zum ersten Mal in diesem Stadtteil. Er fragte sich, was sie hier wollten. Walther meinte doch, dass sie zum Pilzesammeln wollten. Das ist offenkundig kaum die richtige Stelle dafür, dachte Sebastian, schwieg aber beharrlich. Sein Opa war immer für eine Überraschung gut, das wusste er. Er war gespannt, ließ die Dinge auf sich zukommen. Sein Opa verlangsamte die Fahrt und folgte dem Weg zu einem Garagenkomplex. An der dritten Garage von links parkte er. Nicht direkt davor, nein, das nicht, aber etwas versetzt. Er stieg aus, ging hinüber und öffnete, mittels passendem Schlüssel, das angebrachte Vorhängeschloss. Danach öffnete er zunächst den einen und nach einem prüfenden Blick in die Umgebung, den zweiten Flügel des Garagentors. Zu Sebastians Erstaunen fuhr Walther nun einen alten rostigen VW-Golf heraus. Diesen stellte er direkt neben Monis Wartburg ab. »Pack mal bitte mit an, Bastian, wir müssen umladen«, meinte er. »Denke auch an das Fernglas im Handschuhfach und an die Klamotten im Kofferraum! Wir fahren mit dem Golf weiter.« Sebastian staunte nicht schlecht, schwieg und tat, worum sein Opa ihn bat. »Ich hab doch gesagt, dass du dich heute nicht langweilen musst, stimmts, das waren meine Worte. Und es kommt noch besser. Du kannst schon einsteigen, wenn du magst«, meinte Walther zu seinem Enkel. Dann fuhr er den Wartburg in die enge Garage, schloss die Tore und befestigte das Vorhängeschloss. Nun traten sie die Weiterfahrt mit dem grünen Golf und dem -Atomkraft? Nein Danke- Aufkleber auf der Heckscheibe an. Diese führte sie vom Altperver zum Bahnhof und von dort an der auf der rechten Seite befindlichen Zuckerbude vorbei, weiter Richtung Lüchow in Niedersachsen. »Wo sind wir hier, Opa?«, fragte Sebastian. »Hier, nördlich von Salzwedel, kommen wir in die ehemalige 5 Km Sperrzone der DDR. Diese durfte selbstverständlich nur durch Berechtigte mit Passierschein betreten und befahren werden. In Kürze passieren wir Hoyersburg.« Sebastian kam angesichts der detaillierten Beschreibungen seines Opas aus dem Staunen gar nicht mehr heraus. Er war von Walthers Redseligkeit überrascht, daher vermied er es, diese zu stören. Er hörte weiterhin interessiert zu. »Dort drüben, Bastian, am Eckernkamp, war die 3. Kompanie - I. Grenzbataillon des Grenzregiments 24 beheimatet. Die haben zu DDR-Zeiten zahlreiche Schleusungen von Militärbeobachtern und Agenten geplant und ausgeführt. In aller Heimlichkeit natürlich. Auch die westlich von hier gelegene 4. Grenzkompanie in Seebenau hat solche Aktionen durchgeführt«, ergänzte Walther. »Diesbezüglich waren selbstverständlich nur wenige Genossen der Grenztruppen eingeweiht. Eigentlich nur der Chef der Grenztruppen vor Ort, die Grenzaufklärer, die Schlapphüte der Verwaltung 2000 und einige Verantwortliche der Kreisdienststelle des Ministeriums für Staatssicherheit in Salzwedel. Solche Schleusungen mussten präzise umgesetzt werden, damit die Zöllner und Grenzer der BRD keine Lunte riechen und die Schleusungen womöglich gefährden.« Sebastian grübelte über den Fahrzeugtausch in Salzwedel nach. Er überlegte - während er sich im Wageninneren umsah - ob es wohl nur aus Bequemlichkeitsgründen geschah oder ob der Tausch aus anderweitigen, ihm noch nicht plausiblen Gründen stattfand. Daher fragte er nach dem Warum und wessen Wagen dies eigentlich sei. »Es ist so«, meinte sein Opa, »der Wagen gehört einem ehemaligen Genossen. Dieser hat - wenn man so will - seine geliebte Arbeit quasi durch die politische Wende verloren. Er wird sich was Neues suchen müssen. Sicherlich hat er schon etwas Passendes in Aussicht, wer weiß. So, Bastian, nun aber zum ersten Teil deiner Frage nach dem Warum. Warum also der Golf mit dem DAN-Kennzeichen und nicht der Wartburg. Stell´ dir vor, Bastian, du stündest an der Kaufhalle an einer Obstkiste mit roten Äpfeln. Auf diesen leckeren Äpfeln läge ein brauner verschrumpelter Apfel. Was würdest du da denken?« »Na, Opa, ich würde denken, dass es vor noch nicht allzu langer Zeit - vor Einführung der D-Mark - genau anders herum gewesen ist. In der Obstkiste haben doch meist nur braune und schrumpelige Äpfel gelegen und obendrauf - mit viel Glück - einer in rot oder grün, richtig, Opa?« »Sehr scharfsinnig, Bastian«, erwiderte Opa-Walther mit heiterer Miene, »in der Tat hast du Recht, aber das meinte ich gar nicht. Ich wollte zum Ausdruck bringen, dass sich der braune vergammelte Apfel deutlich von den anderen abhebt, so unattraktiv er auch sein möge. Er bleibt ein Blickpunkt. Dem Betrachter der Obstkiste würde sofort klar sein, dass der dort nicht hineingehört.« Sebastian nickte zustimmend, musste sich jedoch eingestehen, dass ihm immer noch nicht klar war, was sein Opa letztendlich damit zum Ausdruck bringen wollte. Walther bemerkte sehr wohl, wie es in Sebastians Gripskasten rumorte, daher präzisierte er seine Metapher, um seinen Lieblingsenkel nicht länger auf die Folter zu spannen. Er ergänzte: »Wir haben gerade die Landesgrenze zu Niedersachsen überquert. Da vorne ist Lübbow. Wir sind jetzt im Landkreis Lüchow-Dannenberg. Der Golf, in dem wir sitzen, der hat ein passendes Autokennzeichen. Wir fallen folglich nicht auf. Wir stammen offenkundig von hier. Der Wagen ist leicht angerostet und einen Antiatomkraftaufkleber hat er auch. Die perfekte Tarnung - nicht wahr?« Der Golf schnurrte leise vor sich hin. In Lüchow, direkt hinter der LBAG, der Landwirtschaftlichen Bezugs- und Absatzgenossenschaft und den Bahnschienen, bog Walther nach rechts ab. »Ich nehme eine Abkürzung. Auf dem Rückweg zeige ich dir die herrliche Altstadt von Lüchow«, meinte Walther zu seinem Enkel. An der Tarmitzer Straße prahlten drei große Buchstaben an einem Gebäude. *SKF* stand da zu lesen. Sebastian fragte nach und sein Opa erklärte mit belustigter Miene, dass es sich bei diesem Betrieb um eine Sauerkrautfabrik handeln würde. »Aha«, meinte Sebastian. »Dann ist der Betrieb mit unserem ehemaligen *VEB Ogema / SeeKo* in Seehausen vergleichbar - oder Opa?« Einen Moment hielt Walther inne, dann konnte er nicht mehr. Er schlug sich vor Lachen auf die Schenkel, denn er hatte Sebastian einen mächtigen Bären aufgebunden. »Nein«, meinte Walther. »Das mit der Sauerkrautfabrik, das war nur ein Witz. In Wirklichkeit ist die *SKF* eine weltweit agierende Fabrik zur Herstellung von Kugellagern, von speziellen Kugellagern höchster Qualität. Diese Lager wurden in Lastkraftwagen aber auch in militärischen Fahrzeugen verbaut. Wir kamen über eine in der Bundesrepublik Deutschland ansässige Tarnfirma an die Originalteile. Unsere Ingenieure in der DDR baten um die Konstruktions- und Materialpläne, um die Lager nachbauen zu können. Die Pläne haben wir schließlich kurzfristig über einen Maschinenlieferanten beschafft. Anschließend gingen die Pläne weiter zu unseren Freunden in die SU. Ein Meisterstück. Ich glaube, die haben von dem Diebstahl überhaupt nichts mitbekommen und das bedeutete auch in diesem Falle - null Entwicklungskosten für die DDR, hahaha.« Sebastian wurde neugierig. »Die DDR hat geklaut oder hat klauen lassen, Opa?« »Na, was dachtest du denn?«, erwiderte dieser. »Jeder Staat tut das. Dafür haben wir doch unsere Geheimdienste. Die besorgen alles, was einem Land nützlich zu sein scheint. Da geht´s nicht um Moral. Es geht um den schnöden Mammon, um wirtschaftliche Vorteile!«

Sie folgten dem Straßenverlauf Richtung Seerau i. d. L.. Walther erläuterte, dass der Zusatz i. d. L. in der Lucie bedeutet. Die Lucie sei eine Region und gleichzeitig ein Naturschutzgebiet. »Da fahren wir gleich durch. Da wimmelt es nur so von Beeren!«, ergänzte er. »Bären - hier?«, fragte Sebastian. Sein Opa lachte erneut. Wüsste Sebastian es nicht besser, so dürfte er annehmen, dass sein Opa heute Morgen mit einem Clown gefrühstückt hätte. Dem war aber nicht so! Walther schob unverzüglich ein; »Blau- und Brombeeren, meine ich« - hinterher, was wiederum Sebastian zum Lachen brachte.

Am Ranzaukanal zwischen Seerau i. d. L. und Zadrau hielt Walther den Wagen am Waldrand an, um das weitere Vorgehen zu besprechen. Beide stiegen aus. Walther öffnete die Kofferraumklappe. Er prüfte, ob sie alle Utensilien, welche üblicherweise von erfahrenen Pilzsammlern mitgeführt werden, auch tatsächlich dabei hatten. Er schien mit sich selbst zu sprechen, denn er murmelte: »Was haben wir denn da? ... zwei Messer, einen Leinenbeutel, einen geflochtenen Korb, eine Aktentasche mit Thermosflasche und eine Brotbüchse. So, mein Lieber«, sagte Walther jetzt deutlich vernehmbar, »wir fahren weiter über Zadrau und Klein Gusborn nach Groß Gusborn. Dort wirst du einen Brief abgeben. Danach fahren wir in die Pilze, einverstanden?«, Einverstanden«, erwiderte Sebastian, »aber warum gibst du den Brief nicht selbst ab?« »Ich möchte nicht erkannt werden. Alles Weitere erkläre ich dir in Salzwedel oder auf der Fahrt nach Hause.« Sebastian nickte verständnisvoll und schwieg. Nahe dem Ortsende von Groß Gusborn verlangsamte Walther die Geschwindigkeit, währenddessen er sich eine altmodische Sonnenbrille aufsetzte. Sebastian fand das urst komisch. Dann hielt sein Opa den Wagen an, erklärte den Weg zu einem Haus und bat darum, dort zu klingeln. »Ich warte hier im Auto«, meinte er. »Sollte jemand öffnen, dann fragst du nach Onkel Heinzi. Dem gibst du diesen Brief mit dem Hinweis, dass der Trauerfall eingetreten ist und die Beerdigung bereits in den nächsten Tagen stattfinden würde. Kriegst du das hin Bastian?«, fragte Walther. Sebastian antwortete wie so oft mit der Floskel »Na klar doch, Opa!« Dann stieg er aus, ging zu jenem Haus und klingelte. Die Türklingel war von außen nicht zu hören und Sebastian nahm an, dass niemand anwesend sei. Doch da irrte er. Nach kurzer Zeit öffnete jemand. Ein circa einen Meter achtzig großer Mann stand vor ihm. Dieser schaute fragend. Dabei brachte er ein deutliches »Ja bitte?«, hervor. Sebastian übergab den Brief mit den Worten, die sein Opa ihm aufgetragen hatte. Dieser

Onkel Heinzi schien die Mitteilung der traurigen Nachricht erwartet zu haben. Er überlegte ein paar Sekunden, dann gab er den Hinweis, dass man in circa zwei Stunden noch einmal nach der Post schauen möge und das er - Heinzi - sich anschließend auf die Reise machen würde. Der Fremde schaute Sebastian, als er das Grundstück verließ, prüfend hinterher. Sebastian nahm denselben Weg wie vorhin. Erst jetzt stellte er fest, dass der Golf von hieraus nicht zu sehen war und das sein Opa das sicherlich auch so wollte.

Nach einem zweiminütigen Fußmarsch kam er zurück. Er berichtete seinem Opa von dem Treffen, von dem Eindruck, den er von dem Fremden bekam und natürlich von der Post, nach der sie nachher noch einmal sehen sollten. Die Sache mit der Post, hatte Sebastian im Grunde nicht verstanden, er fragte also - während Walther den Motor startete - noch einmal nach. Meinte dieser vermeintliche Onkel den Postkasten am Zaun vor seinem Häuschen, oder den der Familie Herzberg bei sich zuhause? Opa-Walther ging auf die bohrende Nachfrage nur mit einem »Später, Bastian!«, ein. Walther lenkte den Wagen am Ortsausgang auf einen nach links abgehenden befestigten Wirtschaftsweg. Aus der Ferne konnten sie ein seltsam geformtes Stahlgerüst erkennen. Diesem näherten sie sich jetzt. Es wirkte wie ein geformtes Doppel-H, so als hätte man den aus Stahl angefertigten Buchstaben H zwei- oder dreimal übereinandergestellt. Es hätten auch zwei nebeneinanderstehende - mittig verbundene - Buchstaben T sein können. »Sehr seltsam«, meinte Sebastian. Opa-Walther erklärte seinem Enkel - während sie die Fahrt Richtung Langendorf fortsetzten, dass es sich bei diesem Gerüst um einen stählernen Antennenträger handeln würde. »Hier arbeiten die Spezialisten der britischen Funkaufklärung. Die sind immer noch im Einsatz, obwohl der Kalte Krieg zu Ende zu sein scheint. Dies war - und ist - einer der zahlreichen Horchposten der britischen Geheimdienstler. Von 1972 bis 1974 waren hier Teileinheiten der US Army Security Agency stationiert, aber die haben sich einen anderen getarnten Standort auf dem Höhbeck geschaffen. Dieser Militärstandort in Gusborn wurde 1974 vom H-Troop des 13. Signal Regiments der britischen Streitkräfte dauerhaft in Beschlag genommen. Von hier aus haben sie unsere DDR-Grenztruppen, die Nationale Volksarmee sowie die sowjetischen Armee-Einheiten ausgespäht und deren Kommunikation abgehört. Eine baugleiche Abhöreinrichtung gibt es in Schöningen beziehungsweise Wobeck, welcher vom amerikanischen Armeegeheimdienst betrieben wird. »So, mein Lieber«, sagte Walther zu seinem Enkel, »wir werden hinter Langendorf in den Wald fahren, dort parken und uns endlich den Pilzen zuwenden. Mit etwas Glück bekommen wir den Korb voll. Unsere Leute zuhause werden Bauklötze staunen, du wirst sehen. Später umfahren wir den Turm in südöstlicher Richtung nach Grippel / Gorleben, sodass wir ihn von allen Seiten betrachten können.« Im Wald stießen sie auf eine ganze Armee von Speisepilzen aller Couleur, sodass der Korb nicht alles aufzunehmen vermochte. Nun bemühten sie den mitgebrachten Leinenbeutel. »Wahnsinn, wir hätten eine Sense mitnehmen sollen«, scherzte Walther. »Und den Klaufix«, ergänzte Sebastian belustigt. Sie hatten nicht einmal eine Dreiviertelstunde gebraucht. Das feuchtwarme Wetter hatte ihnen in die Hände gespielt. Gut gelaunt gingen sie zum Wagen zurück. Dort verstauten sie alles so, dass nichts von der Beute zerquetscht werden konnte. »Wir haben noch genügend Zeit«, meinte Walther. »Wenn du magst, Bastian, dann fahren wir weiter zum Höhbeck. Das ist dort, wo die beiden Gittermasten stehen, die du schon von Aulosen aus gesehen hast. Das sind die Fernsehsender der Westdeutschen Bundespost. Gleichzeitig bilden sie eine Richtfunkstrecke für Telefonverbindungen und Daten aller Art nach West-Berlin sowie zum Fernsehsender Dequede, unserem Langen Lulatsch. Auf dem Höhbeck steht ein alter Holzturm. Von dort aus können wir beide einen herrlichen Blick auf die Elbtalauen wagen!«

»Das ist der Hammer«, schnaubte Sebastian. Er war in seinem jugendlichen Eifer vorausgelaufen, während sein Opa noch nicht einmal die Hälfte des Holzturmes erklommen hatte. »Komm schnell, Opa, der pure Wahnsinn ... klare Sicht fast bis zum Alex«, spöttelte er. Sein Opa rief ihm zu. »Du willst mich wohl zum Besten halten - wie? Einen Moment noch, ich hab´s gleich, du weißt - ein alter Mann ist kein D-Zug!« Er musste - oben angekommen - erst einmal verschnaufen. Nach dem anstrengenden Aufstieg war ihm mulmig zumute. Er rang eine Weile hörbar nach Luft. In diesem Augenblick war ihm die Besorgnis, um seine todbringende Krankheit deutlich anzusehen, so sehr er sich auch bemühte, dies seinem Enkel gegenüber zu verbergen. Keiner von ihnen ergriff das Wort. Sie sahen sich nur an, denn sie verstanden sich - wie durch eine unsichtbare Nabelschnur miteinander verbunden - auch so. Nach einer Weile wies Walther Herzberg auf landschaftliche Besonderheiten hin. Er sprach leise über geschichtliche Ereignisse rund rum um diese Anhöhe. »Woher weißt du das, Opa?«, fragte Sebastian. »Nun«, antwortete er, »ich bin nicht zum ersten Mal hier und außerdem steht, mein Lieber, vieles von dem, was ich sagte, auf einer Hinweistafel am Fuße des Turms. Du bist vorhin - im Eifer des Gefechts - an ihr vorbeigegangen. Das macht aber nichts, die läuft uns schon nicht weg. Wir schauen sie uns nachher gemeinsam in Ruhe an.«

Die Zeit verging wie im Fluge. Sebastian erinnerte seinen Opa - nachdem er die erklärenden Texte der Hinweistafel in sich aufgesogen hatte - an die verstrichene Zeit und den ominösen Briefkasten, welchen sie unbedingt noch zu leeren hätten. »Eine herrliche Luft, man kann gar nicht genug davon bekommen«, meinte Walther. Sebastian nickte zustimmend. Als sie in den Golf stiegen, kamen ihnen weitere Wanderer und Ausflügler entgegen. »Siehst du, Bastian, wir sind nicht die Einzigen, denen diese Gegend gefällt. Der Höhbeck hat schon irgendetwas Magisches an sich. Hier scheint die Welt - von Gorleben abgesehen - noch in Ordnung zu sein. Gemächlich traten sie die Rückfahrt an, die sie über Brünkendorf, Vietze, Meetchow und Gorleben führte. Sebastian monierte, als Walther in Brünkendorf vom Höhbeck kommend nach rechts in Richtung Vietze abbog, die augenscheinlich falsche Route. Diese Bemerkung veranlasste seinen Opa zu dem Hinweis, dass er sehr wohl wisse, wohin er fahre. Diesen Umstand nahm Walther sogleich auf, um ein Lob an seinen Lieblingsenkel zu adressieren. Er sagte ihm, dass er stolz und erfreut sei, einen so wachsamen Beifahrer chauffieren zu dürfen. Walther kramte eine Straßenkarte hervor. »Hier, Bastian«, meinte er ... »damit keine Langeweile aufkommt. Du wirst mich jetzt bitte nach Zadrau und dann nach Seerau i. d. L. leiten, in Ordnung?« Sebastian freute sich über diese Abwechslung und stellte fest, dass sie im Dorf Siemen - über ein paar Schleichwege - nach Zadrau gelangen müssten. Und genau so war es. Sein Opa sparte nicht an Lob, da Sebastian die gestellte Aufgabe zügig und ohne Probleme gelöst hatte. In Zadrau wies Sebastian seinen Opa an, dem Straßenverlauf an der vor ihnen liegenden Querstraße nach links zu folgen.

»Keine vier Kilometer von hier, Bastian«, sprach Walther, »kreuzt uns der Ranzaukanal. Du erinnerst dich, wir hielten vor Stunden dort schon einmal. Da werde ich mir die Beine vertreten und du wartest am Auto. Als sie hielten, zauberte er eine kleine Pfeife hervor. »Wenn jemand anhält und zu Fuß in meine Richtung kommt, dann gibst du mir bitte damit ein Signal. Probier's mal! Diese kleine Pfeife wird im Allgemeinen von Ornithologen verwandt oder bei der Fasanenjagd eingesetzt.« Sebastian nahm die Pfeife an sich und blies hinein. »Na geht doch prima«, meinte Walther. »Bei Gefahr gibst du vier kurze Pfiffe ab, das ist für mich das Alarmsignal für den Abbruch der Aktion!« »Welche Gefahr, Opa?«, fragte Sebastian. »Was für eine Aktion?« »Später, Bastian, in Salzwedel kläre ich dich auf. Im Moment ist es für dich besser so! Du musst lediglich wissen, dass ich - falls du gefragt wirst - kurz mal in die Pilze bin. Du sollst derweil den Wagen bewachen, damit niemand etwas klaut, ja?« »Du tust ja so geheimnisvoll, Opa. Machen wir hier etwa etwas Verbotenes?«, fragte Sebastian. »Aber aber, mein Lieber«, antwortete Walther mit einem verschmitzten Lächeln, »seit wann ist das Pilzesammeln verboten, hää?« Walther stieg aus und öffnete den Kofferraum, nahm den bis zur Hälfte gefüllten Leinenbeutel, entleerte diesen, indem er - bis auf ein paar wenige Exemplare - diese vorsichtig in einen Karton hineinschüttete. Sebastian verkniff sich seine Fragerei, schaute interessiert zu und ließ den Dingen ihren Lauf. Sein Opa entfernte sich vom abgestellten PKW, dabei sah er sich unauffällig um und winkte. Dann entschwand er an einer Weggabelung. Sebastian verspürte - angesichts der Tatsache, dass er nun allein in einem fremden Landkreis und auch noch mitten in einem Wald stand - eine gewisse Anspannung. Er vernahm Gestampfe sowie Stimmen, die sich dem Fahrzeug zu nähern drohten. Sollte er jetzt doch lieber in die Pfeife blasen? Er war unschlüssig. Erst jetzt konnte er die Geräusche richtig einordnen. Es kamen zwei

Reiter auf ihn zu. Genau genommen ein Reiter und eine Reiterin. Diese grüßten freundlich und schienen sich über Sebastians Erwiderung zu freuen. Beide Reiter blieben auf dem Waldweg und entschwanden so zügig, wie sie gekommen waren. Sebastian fiel ein Stein vom Herzen. Er erinnerte sich urplötzlich an Opas Worte, als sie heute früh losfuhren, denn er sagte bereits im Wartburg, dass der Ausflug spannend und interessant werden würde. Opa-Walther hatte nicht zuviel versprochen. Sebastian konnte nicht ahnen, dass sich diese prickelnde Anspannung noch deutlich steigern ließ. Nach geschätzten zehn Minuten tauchte sein Opa wieder auf. Sebastian war erleichtert, als er ihn auf sich zukommen sah. Er näherte sich ruhig dem PKW, schien jedoch etwas zittrig zu sein. Sebastian kam zu der Auffassung, das dieses leichte Zittern der körperlichen Anstrengung, durch das Herumwandern im Wald zuzuschreiben war. Sein Opa öffnete den Kofferraum und zog - zu Sebastians Verwunderung - einen Teil der Seitenverkleidung ab. Ein Hohlraum, ein Versteck, dachte er und tatsächlich. Walther entleerte zügig seine Jackentaschen. Dann stopfte er ein paar kleine Gegenstände hinein. Diese hatte sein Opa vorher in ein wenig Schaumstoff eingewickelt, damit sie nicht herumklappern konnten oder Schaden nehmen. Nun legte er weitere Dinge, die er offensichtlich aus dem Wald mitbrachte, säuberlich im Kofferraum ab. Dann wandte er sich seiner Aktentasche zu und nahm seine Thermosflasche heraus. An deren Unterseite zog er ein reagenzglasgroßes Röhrchen hervor. Sebastian war baff. Sein Opa steckte irgendetwas in Windeseile und mit ungeahnter Fingerfertigkeit in dieses Röhrchen und verschloss es, sodass es Sebastian die Sprache verschlug. Anschließend nahm sein Opa auch noch seine metallene Brotbüchse aus der Aktentasche. Diese schien, wie die Thermosflasche auch, über ein Geheimfach zu verfügen, denn Opa-Walther schob etwas sehr flaches in sie hinein, wiederum mit allergrößter Geschwindigkeit, die seinem Enkel den allergrößten Respekt abverlangte. »Das ist ja hier wie im James-Bond-Film«, dachte Sebastian, doch sagen wollte er jetzt nichts. Opa-Walther schien Sebastians Gedanken lesen zu können; vielleicht amüsierte er sich auch über dessen Wortkargheit. Jetzt ergriff Opa-Walther das Wort und meinte: »So, mein Lieber, wir können die Heimreise antreten. In Salzwedel laden wir um und dann fahren wir endlich wieder mit unserem geliebten Wartburg - nicht wahr, Bastian?« »So machen wir es«, erwiderte sein Lieblingsenkel. Sie nahmen im Wagen Platz. Ihre Rückfahrt führte sie wiederum an der Sauerkrautfabrik vorbei, weiter durch Lüchows schöne und liebevoll hergerichtete Altstadt - der B-248 folgend - weiter Richtung Saaße und Lübbow. Im Salzwedeler Altperver tauschten sie wie geplant die Fahrzeuge. Nun wurde es für Sebastian noch einmal richtig spannend, denn er bekam Dinge zu sehen, von deren Existenz er nichts ahnte. Diese wundersamen Gegenstände und Utensilien lösten in Sebastian einen gewissen Reiz aus, den er so an sich vorher noch nie feststellen konnte.

Walther lud nun alle vorher getauschten Gegenstände in den Wartburg zurück. Sebastian half dabei. »Wenn du wüsstest, Bastian«, meinte sein Opa. »Du bist den ganzen Tag schon Teil einer geheimdienstlichen Operation gewesen. Das darf ich dir erst jetzt und hier eingestehen. Ich weiß, du hast es erahnt, aber wenn dir Briten uns mit diesem Material geschnappt hätten, dann wärst du in Erklärungsnot geraten. Daher hielt ich es für nötig, dich diesbezüglich im Unklaren zu lassen. Die Briten sind ja auch keine Monster. Mich hätten sie mit Sicherheit festgenommen, aber einen Vierzehnjährigen, der von allem nichts wissen konnte - niemals Bastian. Sie wären vermutlich mit dir zur nächsten Polizeistation gefahren, damit man dich dort abholen kann. Aber nichts dergleichen. Wir sind ein tolles Team, mein Lieber, wieselflink und schlau!«

Nun breitete Walther ein paar Gegenstände, welche sich im Geheimfach befanden, im Kofferraum des Wartburg aus. »Sieh´ mal Bastian, dies ist eine Kleinstbildkamera, keine 10 cm lang.« Sebastian nahm sie und staunte über das geringe Gewicht. Die Kamera war so winzig, dass sie fast in seiner Hand verschwand. Walther erklärte: »Das ist eine Minox B - Kamera. Sie wird gern benutzt, um heimlich Fotos zu machen. Ein Wunderwerk der Technik. Sie verfügt sogar über einen eingebauten Belichtungsmesser, welcher ohne Batterien auskommt. Er speist sich allein durch Tages- oder Restlicht.« Opa sprüht förmlich vor Begeisterung, dachte Sebastian. »Schau, was ich hier habe!«, sagte Walther. Dabei holte er weitere Kleinteile hervor, um sie Sebastian zu zeigen. »Das ist ein passender Sucherspiegel für die Minox. Diesen schiebt man auf das eine Ende der Kamera. Siehst du«, meinte er, »jetzt kannst du um die Ecke fotografieren - perfekt, oder?« Sebastian schaute in den Sucherspiegel und begann zu lächeln. »Wahnsinn!«, meinte er. »Das fetzt ja!« Sebastian entdeckte ein interessant aussehendes Zubehörteil. Sein Opa erklärte: »Das ist ein passender Feldstecheransatz. Die Funktionsweise ist Folgende: Du steckst die Minox in den Halter. Dann fixierst du sie, indem du den Knopf am Ende des Adapters um 90 Grad drehst. Nun kann die Minox nicht mehr herausfallen. Danach drehst du die Rändelschraube so weit auf, bis der Greifer über das Okular des Fernglases passt. Anschließend die Rändelschraube wieder zudrehen, fertig. Nun kann man durch ein Fernglas oder ein Fernrohr hindurchfotografieren.« Aus Sebastians Lächeln wurde ein breites Grinsen. Seine Mundwinkel schienen bis an seine Ohren zu reichen. Sein Opa zeigte weiteres Zubehör, wie Lederetui und Messkette, einen Stativkopf, ein dreibeiniges Taschenstativ samt Drahtauslöser. Es fand sich auch ein, in einem Karton befindliches, vierbeiniges Reproduktionsstativ zum Abfotografieren von Dokumenten und Schriftstücken aller Art, an. »Wozu dienen eigentlich die Knoten an der Metallkette«'«, fragte Sebastian. »Nun«, meinte Walther, »sie helfen dem Bediener der Kamera, den richtigen Abstand zum Objekt seiner Begierde zu finden. An der Messkette findest du wie viele Knoten, Bastian?« Sebastian schaute genau nach; nahm das Lederetui mit der daran befestigten Kette an sich und prüfte. An dieser befanden sich vier knotenähnliche Verdickungen. Dabei stellte er fest, dass diese keinen gleichmäßigen Abstand zueinander sowie zur Kamera hatten, was in seinen Augen zunächst unlogisch zu sein schien. Sein Opa wartete förmlich darauf, diese Besonderheit erklären zu dürfen, und so begann er: »Derjenige, welcher heimlich Pläne, Dokumente und dergleichen fotografieren soll, ist selbstverständlich bemüht, sie so deutlich wie möglich abzulichten. Er hat nicht immer ein Stativ dabei, logisch, das wäre viel zu riskant und obendrein zu zeitaufwendig. In diesem Falle hilft ihm die Messkette weiter. Schau her; der erste Knoten ist - wie ich aus Erfahrung weiß - exakt 20cm vom Objektiv entfernt. Der Zweite 24cm, der Dritte 30cm und der Letzte 40cm. Der vierte Knoten stellt scharfe und formatfüllende Aufnahmen von Schriftstücken im DIN-A4-Format sicher.«

Sebastian staunte. Ein weiteres Utensil erweckte seine Neugier. Es befand sich in einer Originalschachtel, welche mehrsprachig beschriftet war. In deutscher Sprache stand dort: »Tageslichtentwicklungsdose.« Im Fotozirkel, dem Sebastian angehörte, wurde gelehrt, dass Filme einer Kamera immer im Dunkeln entnommen, beziehungsweise selbige unter Zuhilfenahme von Rotlicht entwickelt werden mussten. Dem war offensichtlich nicht so. »Mit diesem Hilfsmittel«, meinte Walther, »können die kleinen 8x11mm Filme - wie die Bezeichnung auf der Schachtel bereits verrät

- bei Tageslicht entwickelt werden. Eine tolle Hilfestellung«, meinte er, »wenn man bedenkt, dass ein Spion wohl kaum in ein Fotofachgeschäft gehen würde, um unter Preisgabe seiner Identität, einen Film mit brisanten Aufnahmen entwickeln zu lassen. Also, die Minoxfilme werden im Hellen eingelegt, entwickelt und herausgenommen. Das ist kinderleicht. Die nötige Chemie mit Entwicklerflüssigkeit, Fixiersalz, Härtezusatz und Netzmittel bekam man fix und fertig abgepackt im bundesdeutschen Handel. Genial - oder?«

»Faszinierend würde Mr. Spock sagen«, meinte Sebastian überwältigt. »Und wenn du mir, Opa, jetzt noch versicherst, dass wir mit dem alten Wartburg in Lichtgeschwindigkeit nach Hause fliegen, dann nenne ich dich ab sofort James T. Kirk.« Walther musste schmunzeln.

»Was stand eigentlich in dem Brief, den ich vorhin in Gusborn übergab?«, fragte Sebastian. Sein Opa erklärte, dass es sich bei dem Briefinhalt um eine Warnung handelte. »Darf ich wissen, wovor du ihn gewarnt hast, Opa?« »Ja, Bastian, es ist so. Der Onkel Heinzi, wie ich ihn vorhin nannte, der hat für unsere Abteilung gearbeitet ... heimlich natürlich. In der Gemeinde Gusborn lebte er, unter Nutzung einer Legende, als NDR-Reporter. Er bereiste die Region mit Filmkamera und Fotoapparat. Er sprach mit den Leuten und interessierte sich für deren Leben. Über die Jahre hinweg entstanden zahlreiche Interviews, Fotos und ellenlange Filmdokumentationen.

Nun Bastian, du hast ja selbst gesehen, dass das Wendland zu drei Seiten von der DDR-Grenze umschlossen war. Vor der politischen Wende endeten zwei DDR-Bezirke, nämlich der Bezirk Schwerin und der Bezirk Magdeburg an der Grenze zu Niedersachsen - zumindest was den Landkreis Lüchow-Dannenberg betrifft. Die Wendländer schienen orientierungslos zu sein. Dort mochte kein Kompass funktionieren, denn im Norden zeigte die Kompassnadel auf die gesprengten Dömitz-Brücken oder Richtung Lenzen. Im Osten auf Wittenberge an der Elbe und südöstlich auf Arendsee, Seehausen, Osterburg und Stendal. Tja Bastian und im Süden zeigte die Nadel in den Landkreis Salzwedel. Darüber witzelte man im Wendland. Zu drei Seiten war folglich Osten; also Ostdeutschland - DDR! Nur im Westen war Westen, verstehst du, was ich damit sagen will? Und diese Tatsache hatte zur Folge, dass sich seit dem II. Weltkrieg keine starke Industrie ansiedeln wollte. Der Landkreis war aus logistischen Gründen unwirtschaftlich für Produktion und Handel. Daran änderte auch die damalige Zonenrandförderung nicht allzu viel.

Aber, um auf deine Frage zurückzukommen, der Brief nahm Bezug auf einen Trauerfall, welcher eingetreten sei und auf die Beerdigung, die in Kürze anstünde. Das war quasi eine verschleierte Botschaft. Diese Formulierungen machten diesem Herrn unmissverständlich klar, dass er verbrannt ist, also verraten wurde. Es muss mit einer kurzfristig angesetzten Verhaftungswelle gerechnet werden, die auch ihn betreffen könnte. Dieser Onkel Heinzi, wie ich ihn zu nennen pflegte, hat nicht nur Land und Leute fotografiert, nein, er hat auftragsgemäß militärische Liegenschaften ausgekundschaftet, diese dann kartografiert und deren technische Anlagen optisch festgehalten. Auf diese Weise konnte er uns wertvolle Details über britische und amerikanische Armeeeinheiten zuspielen. Viele britische Soldaten wohnen in der Stadt Dannenberg selbst, einige im Umland. Die meisten von ihnen sind am Torii-Tower in Gusborn stationiert.

Abb. 8 : H-Troop des 13. Signal Regiments der britischen Streitkräfte

Nach Dienstschluss gehen die Soldaten oft auf ein Bierchen in die Kneipe. Manchmal erzählten sie von dienstlichen Belangen. Wenn Heinzi dies bemerkte, dann bekam er Ohren wie ein afrikanischer Elefant. Die Briten unterhalten sich in aller Regel in ihrer Muttersprache. Das ist für ihn kein Problem. Er versteht und spricht fließend englisch. Dafür hatten wir an der Sprachenschule gesorgt. Heinzi war stets zielstrebig und immer sehr angenehm in seiner Art. Niemand wäre auf den Gedanken gekommen, ihn für einen DDR-Kundschafter zu halten. Er lieferte zahlreiche Details über den Aufklärungsturm der Bundeswehr auf dem Thurauer Berg in der Nähe von Woltersdorf. Dieser gehört zum Fernmelderegiment 71/ Trier. Im Landkreis Lüchow Dannenberg gibt es noch weitere Militäreinheiten, ist ja klar. Direkt an den Staatsgrenzen macht so etwas Sinn - überall auf der Welt. In Sarenseck bei Hitzacker an der Elbe betreibt die bundesdeutsche Luftwaffe im Verbund mit der NATO eine Dauereinsatzstellung zur Luftraumüberwachung. Dort stehen mobile Radargeräte. Diese können Tiefflieger aber auch Flugabwehrraketen schon aus knapp 50 km Entfernung ausmachen. Naja, ein geballter Haufen Technik. Informationen besorgte Heinzi über Freundschaften, die er mit einigen Soldaten anbahnte. Dabei verhielt er sich äußerst geschickt. Er nutzte den angestauten Frust, denn im Landkreis Lüchow-Dannenberg herrscht - wenn man so will - kulturelle Einöde.

Und diese Eintönigkeit macht denen, die das Stadtleben gewohnt sind, zu schaffen. So ist das im Leben. Wir sind

Menschen mit Stärken und Schwächen. Und Schwächen werden ausgenutzt. Bei Bier und Wein löst sich die Zunge. Dann sind die erwünschten Informationen zum Greifen nahe, das wusste auch Heinzi..«

»Lieber Bastian«, ergänzte Walther. »Erinnere mich doch bitte in den nächsten Tagen an den Fernmeldesektor B, also an den Aufklärungsturm in Thurau. Ich glaube, ich habe zu Hause in den Akten einen schriftlichen Befehl aus dem Jahre 1979 vom damaligen Sektorchef Major Zschauer abgelegt.« »Und was steht in dem Befehl Opa?«, fragte Sebastian nach. »Nun, lies ihn selbst«, meinte Walther, »ich kann dir den Wortlaut so im Einzelnen nicht mehr genau wiedergeben.«

»Heinzi braucht jetzt ein verdammt schnelles Pferd, er muss schleunigst untertauchen«, erklärte Walther seinem Enkel. »Ein Oberst unserer HVA, der Hauptverwaltung Aufklärung - das ist der ehemalige Auslandsgeheimdienst der DDR - hat gesungen wie eine frohlockende Amsel. Er, der Oberst, ist zum Bundesnachrichtendienst übergelaufen. Davor hat er bereits, wie ich mittlerweile hörte, mit den Leuten vom bundesdeutschen Verfassungsschutz gesprochen. Er wollte sich offensichtlich rechtzeitig einen neuen Dienstherrn suchen. Vielleicht kommt er damit durch. Wenn seine Rechnung aufgeht, dann ist er aus dem Schneider, denn er verfügt über detaillierte Kenntnisse zu den Strukturen der HVA im Operationsgebiet Nr. 1, also der BRD. Er weiß, wo einige seiner Genossen ihre Agenten platziert hatten. Außerdem kennt er die Namen und Standorte von DDR-Tarnfirmen in halb Europa. Ich könnte kotzen, Bastian, wenn ich an solche Verräter denke. Das sind die richtig großen Wendehälse, die obendrein auch noch ihre ehemaligen Kampfgefährten an der unsichtbaren Front ans Messer liefern.«

»Aber, Opa, ich bitte dich, wir gehören doch jetzt zur Bundesrepublik«, bemerkte Sebastian. »Schon gut, du hast ja Recht«, erwiderte Walther, »aber er hätte einfach die Schnauze halten sollen - aber nein - er wollte sich Liebkind machen. Die Briten und Amis werden ihm Honig ums Maul schmieren, ihm eine neue Identität verabreichen und mitnehmen. Da werden sie ihn noch einmal richtig bearbeiten, damit sie ihre Maulwürfe und vermeintliche Doppelagenten festsetzen können. Das wird noch spannend werden. Unter Umständen erleb ich es noch.«

Der Wartburg mit seinem Zweitaktmotor fuhr gemächlich dahin. Am Ortsausgang Richtung Pretzier trat Walther kräftig aufs Gas. Hinter ihnen entwickelte sich eine grauschwarze Abgaswolke. Er schaute in den Rückspiegel und lachte laut. Sebastian stutzte zunächst, dann aber drehte auch er sich um und blickte durch die Heckscheibe. Hinter ihnen fuhr ein Mercedes. In diesem saß ein dicker vor sich herschimpfender Mann mit Schlips. Er schien sie überholen zu wollen. Doch das war in diesem Moment nicht möglich, da sich auf der Gegenfahrbahn ein Traktor mit einer dahinter befindlichen recht üppigen Autoschlange näherte. Sebastians

Opa war immer noch amüsiert. Er brummelte vor sich hin: »Wer das eine will, muss das andere mögen! Ihr habt die kleine DDR geschluckt, dann schluckt auch unseren Zweitaktmief. So, das habt ihr nun davon!«, brummelte er weiter. Walther schien diese Worte stellvertretend für viele Zonies an den hinter ihnen umhergestikulierenden Kraftfahrer zu richten.

»Was wird denn jetzt aus diesem Heinzi, Opa?« »Ich weiß es nicht Bastian«, antwortete Walther. »Mit der Identität, mit der er im Wendland lebte, kann er nicht mehr viel anfangen. Die Behörden würden ihn im Rahmen einer Rasterfahndung umgehend aufspüren. Meines Wissens nach verfügt er noch über einen britischen Reisepass und einen gültigen DDR-Personalausweis. Seine DDR-Dokumente kann er über die Meldestellen in einen bundesdeutschen Personalausweis eintauschen. Wenn ihm das gelingt, dann braucht er sich im Grunde keine weiteren Sorgen zu machen. Und wenn er sein SV-Buch nicht verbummelt hat, dann bekommt er später seine verdiente Altersrente obendrauf. Gesetzt den Fall natürlich, dass der HVA-Oberst neben seinem Decknamen nicht auch noch seinen Klarnamen kennt. Und wenn doch, dann wird sich Heinzi unter Umständen strafrechtlich verantworten müssen. Naja, Bastian, wir werden sehen, wie die jetzige Regierung künftig mit dieser geschichtlich-historischen Hinterlassenschaft umgehen will.«

In Höhe der Seehäuser - Sachsenfalle fragte Sebastian nach den restlichen Utensilien, welche sein Opa am Ranzaukanal an sich nahm. Er dachte dabei an die ominösen Gegenstände, die vorhin ruckzuck im Geheimversteck der Brotdose und in dem der Thermosflasche verschwanden.

»Sag mal, Opa, ihr habt ein Versteck im Wald - richtig?«
»Ja genau«, erwiderte Walther. »Heinzi hat am Ranzaukanal vor Jahren schon eine aus den 40er Jahren stammende Wehrmachtskiste verbuddelt. Diese verfügt über einen wasserdichten Plasteeinsatz. Und in diesem wiederum lag der ganze Krempel, den wir jetzt hier durch die Gegend kutschen. Solch ein Versteck wird »Toter Briefkasten« genannt. Merke dir diese Bezeichnung gut, denn sie kommt in den von mir gehorteten Akten immer wieder abgekürzt mit »TBK« vor. Ach, in diesem Zusammenhang fällt mir ein, dass ich dir für deine späteren Ausarbeitungen noch unbedingt ein Abkürzungsverzeichnis erstellen muss. Die Deutschen lieben Abkürzungen, je komplizierter, desto besser.«

»Wir machen das so, Bastian; immer wenn ich ein dir unbekanntes Kürzel benutze, mit welchem du nichts anzufangen weißt, dann unterbrichst du mich bitte. In deinem Notizbuch wirst du dann die entsprechenden Erläuterungen notieren, mein Lieber - in Ordnung?« »Gut, Opa«, meinte Sebastian; »das wird mir helfen, deinen Ausführungen zu folgen!« Walther nahm noch einmal Bezug auf die Utensilien, die jetzt noch immer in den Geheimfächern steckten. Diese galt es, in den nächsten Tagen zu sichten. Das wollten sie beide gemeinsam in der alten Scheune tun, da dazu eventuell ein paar technische Hilfen und Gerätschaften nötig seien.

Der Wartburg rollte leise dem Ortseingang entgegen. In wenigen Augenblicken würden sie zu Hause sein. Sebastian dachte noch einmal über die Aktivitäten dieser Herbstferien nach. Sie waren schön und ereignisreich. Ihn packte der Gedanke, dass es möglicherweise die letzten gemeinsamen Herbstferien gewesen sein könnten. Er hoffte, sich zu irren.

Die Beichte

»Wenn du nicht aufpasst, dann bist du nach drei Zügen schachmatt«, frotzelte Claus. »Entschuldige bitte«, meinte Walther, »ich war nicht ganz bei der Sache.« Die zur Tradition gewordene, monatliche Partie Schach lag beiden am Herzen. Walther Herzberg bekam angesichts seiner Diagnose Sorgenfalten auf der Stirn. »Willst du reden?«, fragte Claus. »Ja«, erwiderte Walther. »Es gibt noch so viel zu klären, zu erklären. Ich möchte mit einem reinen Gewissen abtreten, sofern das überhaupt geht.« Claus wurde neugierig und hakte nach: »Wir sind doch nicht etwa im Unreinen, oder?« »Lass es mich so sagen«, begann Walther, »du bist mein allerbester Freund, jemand, dem ich vollends vertraue. Wenn ich erst einen Meter achtzig unter der Erde liege, dann werden Gerüchte laut, Gerüchte, die dich verunsichern würden. Du könntest an meiner jahrelangen und aufrichtigen Freundschaft zweifeln, und das möchte ich nicht, keinesfalls!«, ergänzte er. »Du klingst so«, meinte Claus«, »als wolltest du eine Beichte ablegen!« Eine gespenstische Ruhe setzte ein. Walther senkte den Blick, doch Claus schaute weiterhin, auf eine zufriedenstellende Antwort hoffend, zu seinem Gegenüber. Claus zog seine Augenbrauen hoch und lief angespannt im Zimmer auf und ab. »Nun red´ schon, Walther, raus mit der Sprache, was bedrückt dich?« Walther Herzberg stand wortlos auf, ging zu seinem Stuhl am Spieltisch, öffnete eine Ledertasche und holte eine Flasche Wein hervor. »Wie wäre es mit einem Gläschen, mein Lieber?«, murmelte er. Claus Steiner ließ sich nicht lange bitten. »Wenn es der Sache dienlich ist, mein Freund, dann gerne. Du bist doch mein Freund, oder?« »Lass mich das machen«, sagte Claus. In diesem Moment füllte er auch schon den Rotwein in eine Karaffe um, damit derselbe atmen konnte. »So viel Zeit muss sein«, forderte er. Sie stießen an. Walther nippte am Glas, dann nahm er einen kräftigen Schluck, faltete kurz seine Hände vor Kinn und Mund und beichtete. »Ich habe dich nie bespitzelt, verraten, oder sonst wie negativ zu anderen Leuten über dich gesprochen, warum auch. Viel schlimmer, ich habe solche Leute nach allen Regeln der Kunst ausgebildet, geführt und kontrolliert. Zu keiner Zeit habe ich einen Spitzel auf dich angesetzt, oder ansetzen lassen. Ob andere Genossen aus der Firma dies taten, kann ich nicht sagen.« Beide schwiegen eine Weile. Claus setzte sich hin und nahm nun selbst einen kräftigen Schluck vom halbtrockenen Roten. Dann ergriff er das Wort und meinte, dass er es bereits ahnte, doch nie so sehen wollte. Walther war auf die Erläuterungen seines besten Freundes erpicht, war gespannt, worauf Claus seine Vorahnungen stützte. Wurde er selbst in den letzten Jahrzehnten hinsichtlich der erforderlichen Konspiration und Geheimhaltung nachlässig? Machte er, so fragte er sich, womöglich jene Fehler, vor denen er seine Stasi-Zöglinge im Rahmen der Ausbildung an der Juristischen Hochschule warnte? Ihm gingen zahllose Gedanken durch den Kopf, aber eine eindeutige Antwort gaben sie ihm nicht. Walther blieb nichts anderes übrig, als die Erläuterungen seines Schachrivalen abzuwarten. Zwischenzeitlich hatte Claus nachgeschenkt. Die Wirkung des Weins beruhigte beide Gemüter, sodass einer sachlichen Diskussion nichts im Wege stand.

»Was meine Vermutungen betrifft, Walther, so kann ich sagen«, ergänzte Claus, »dass ich dich beim SKET in Magdeburg nie antraf, sofern mich meine Dienstreisen und Tagungen in die Bezirkshauptstadt führten. Der Pförtner konnte mir nicht weiterhelfen, das war schon seltsam. Einige Male rief ich beim SKET an, um mich bei dir anzumelden. Die Damen in der Telefonvermittlung kannten zwar den Namen Herzberg, vertrösteten mich jedoch jedes Mal mit irgendwelchen Ausreden. Du wärst auf einer Dienstreise oder in einer wichtigen Besprechung und derzeit nicht abkömmlich. Das klang glaubhaft, doch mein Bauchgefühl signalisierte mir, dass dies nicht der Weisheit letzter Schluss sein konnte. Mir blieben Zweifel, doch ich verwarf sie immer wieder. Warum hast du dich mir - wenn ich dein bester Freund gewesen sein soll - nicht anvertraut?, sag schon, warum nicht?«

»Es war ein zu großes Geheimnis, es ging nicht, mein Lieber«, erwiderte Walther. »Ich hätte dabei nicht nur mich und meine Sippe, sondern auch dich und dein Umfeld in Gefahr gebracht. Stell dir vor«, ergänzte Walther, »du hättest dich irgendwo verplappert, wärest auf geschickt gestellte Fragen hereingefallen. Dann hätten sie dich fertiggemacht, dir einen Maulkorb umgehängt und dir eine Verpflichtungserklärung abgenötigt, schriftlich versteht sich. So läuft das in Geheimdienstkreisen, Claus! Dieses Faustpfand hätte dich gelähmt und unsere Freundschaft zerstört.«

»Du warst aufgrund deiner Fachkompetenz erfolgreich und angesehen. Ich bin sicher, Claus, dass dir unsere Genossen der MfS-Kreisdienststelle schon recht früh einen Spitzel an die Seite gestellt haben. Es würde mich doch arg wundern, wenn dem nicht so war.«

Claus machte einen erschrockenen Eindruck. »Du meinst, sie haben mir ein Langohr ins Krankenhaus geschickt?« »Ich denke schon, ja«, erwiderte Walther kopfnickend. »Soll ich es für dich herausfinden? Mir ist noch jemand mindestens einen großen Gefallen schuldig«, meinte

Walther, indem er seine Betonung auf das Wort »einen« lenkte.

»Ja, bitte!«, bat Claus. »Ich brauche Gewissheit, damit ich weiß, wem ich weiterhin vertrauen darf und wem ich meine Freundschaft und gegebenenfalls die Anstellung hier im Hause kündige.«

Ein paar Tage später kontaktierte Walther Herzberg eine wichtige Quelle aus der ehemaligen MfS-Bezirksverwaltung Magdeburg. Sie war dort im Bereich »Auswertung und Information« tätig, dort, wo alle wichtigen Daten der MfS-Kreisdienststellen zusammenliefen und nochmals bewertet wurden. Die Genossen Auswerter kannten aus den Akten nur die IM-Decknamen und deren Führungsoffiziere. An die Klarnamen der Inoffiziellen Mitarbeiter kamen sie aus sicherheitsrelevanten Gründen nicht heran. Dafür sorgte die ausgeklügelte Geheimhaltungsstrategie des MfS.

Walthers Quelle, ein wahrer Spezialist auf seinem Gebiet, hatte sich - wie andere auch - in der Wendezeit während der Erstürmung der Stasiobjekte zur Tarnung als Volkspolizist verkleidet. Auch er schleppte damals kistenweise Akten heraus. Die gelernten DDR-Bürger sahen darin zunächst nichts Verdächtiges, sie unterstützten diese Handlungen sogar, indem sie den Ordnung schaffenden Vopos brav die Türen offenhielten. »Das ist nun fast ein Jahr her«, sinnierte Walther. Viele Akten wurden geschreddert, sehr viele. Andere als Faustpfand unterschlagen und mit nach Hause genommen.

Er fragte sich, ob es ihm gelänge, neben den Decknamen der ehemaligen Spitzel, auch an deren Klarnamen heranzukommen. Die Decknamen der Inoffiziellen Mitarbeiter, die Klarnamen der Führungsoffiziere und die zuständigen Diensteinheiten mit den jeweiligen Abteilungen fanden sich auf der sogenannten F22-Kartei. Im Zuge dieser Überlegungen erstellte er verzweigte Skizzen zu ehemaligen Mitarbeitern, die sich untereinander kennen mussten. »Jedes System ist fehlerbehaftet«, das wusste Walther. Er suchte nach Hinweisen auf Mitarbeiter, die sich mit den Karteikarten der »Form 16 - kurz F16« beschäftigten, denn auf diesen waren die Klarnamen und alle weiteren wichtigen Daten der IMs erfasst. Sollten ihm seine ehemaligen Genossen nicht weiterhelfen können oder wollen, so müsste er auf einen KGB-Verbindungsmann zugehen. Ihm war bewusst, dass die »Freunde« in den letzten Jahrzehnten Schreibmaschinendurchschläge der MfS-Vorgänge erhielten. Sie müssten folglich über ein nahezu komplettes MfS-Archiv verfügen. Die Sowjets betreiben ihr eigenes Agentennetz auf ostdeutschem Boden. Die GSSD-Garnisonen, welche jetzt Westgruppe der Truppen (WGT) oder manchmal auch Westgruppe der Streitkräfte (WGS) heißen, sind noch vor Ort und ihr Militärgeheimdienst auch. Walther musste umsichtig agieren, um nicht in allergrößte Schwierigkeiten zu geraten.

Er hatte Glück, denn er bekam die Deck- und Klarnamen derer, die als Inoffizielle Mitarbeiter im Gesundheitswesen in der Altmark für das MfS spitzelten. Die Listen mit den begehrten Informationen fischte er, im wahrsten Sinne des Wortes, aus dem Wasser. Walther ahnte, wohin er gehen müsse, denn in der Mittagszeit sprach ihn im Konsum ein unbekannter Mann, fragend mit einem Teil einer ihm bekannten Losung, an. »Gehen Sie heute Abend auch angeln?« Walther antwortete. »Ja, an der Biese beißen die Fische besonders gut!« Der Fremde nickte zustimmend und verschwand. Walther Herzberg machte sich in der Abenddämmerung auf den Weg zur, von der Zwischengenossenschaftlichen - Bauorganisation (ZBO) rekonstruierten, Schwiegermutterbrücke. In deren Nähe gab es einen *TBK*, den er früher gerne nutzte. »Schon erstaunlich«, brummelte Walther in sich hinein, »dass der Behälter trotz der Bauarbeiten nicht beschädigt oder entwendet wurde.« Diesem entnahm er die Nachrichten, tarnte den »Toten Briefkasten« erneut und entschwand, ohne gesehen zu werden. Die ersehnten Informationen waren auf einem 35mm schwarz-weiß Negativfilm, gespeichert. Dies hatte den Vorteil, sich Abzüge in beliebiger Anzahl und Größe anfertigen zu können, sofern man über alle nötigen Materialien und Geräte verfügte. Er fragte sich, welche der angesprochenen Quellen ihm dieses Konvolut an brisanten Informationen zukommen ließ, denn fast alle Personen, die von diesem Versteck wussten, waren entweder unbekannt verzogen, so meinte Walther, oder bereits verstorben. Als Quelle kam in seinen Augen nur ein hochkarätiger Genosse der MfS-Bezirksverwaltung Magdeburg oder sein ehemaliger KGB-Verbindungsmann in

Betracht. Doch wie sollte er der Quelle nun bekunden, dass er die Materialien wohlbehalten in Händen hielt? Ihm blieb keine Wahl, er musste abwarten.

In Walther Herzbergs Brust schlugen zwei Herzen, verbunden mit Seelen, die miteinander haderten. Er führte ein spannendes Berufsleben und war gern für die Abwehr und später für die Aufklärung in den einzelnen Operationsgebieten im Einsatz. Das Vertrauen, welches man ihm stets entgegenbrachte, erfüllte ihn mit Stolz. Im Grunde widerstrebte es ihm, jetzt ehemalige Kampfgefährten ans Messer zu liefern, doch der andere Teil in ihm signalisierte, dass dies, seinem besten Freund gegenüber, zu rechtfertigen sei.

In Gedanken verglich Walther die ihm verbleibende Lebenszeit mit einer großen altmodischen Sanduhr. Er hoffte, das Glas noch einmal umdrehen zu dürfen. In manch einer schlaflosen Nacht stellt er sich vor, wie der Sand langsam vom oberen Teil in den sich füllenden unteren Teil der Sanduhr rieselte. Er betet nie, doch den Sensenmann würde er - wenn es denn ginge - gerne fragen, ob selbiger nicht noch einen kleinen Umweg gehen könne. Sein Freund Claus Steiner hingegen wird noch ein paar Jährchen arbeiten, und sich mit den geänderten Verhältnissen arrangieren müssen. Er selbst könne jetzt dafür Sorge tragen, dass Claus wenigstens die richtigen Entscheidungen treffen kann, denn die veränderten Eigentumsverhältnisse lassen eine zuverlässige Aussage über das Fortbestehen des Osterburger Krankenhauses im Moment einfach nicht zu. Wird man es sich auf Dauer leisten können?

Spitzel in Weiß

Das Telefon läutete bereits zum achten Mal. »Das muss was Wichtiges sein«, dachte Dr. Steiner, nahm den Hörer in die Hand und meldete sich wie stets mit einem zackigen »Steiner.« Er erkannte Walthers Stimme sofort. »Gibt's was Neues, alter Junge?« »Ja, sicher ... aber nicht am Telefon!« »Nana, so geheimnisvoll?« »Wir könnten einen Spaziergang machen, was meinst du?«, schlug Walther vor. »Prima«, erwiderte Claus, indem er noch den Rest der Absprache bestätigte. »Also gut, am Sonntagnachmittag um drei im Krumker Park, ich werde pünktlich sein«, dann legte Dr. Steiner auf.

Ein nasskalter Sonntag. Beide erreichten fast zeitgleich den vereinbarten Treffort. Sie begrüßten und umarmten sich wie gewohnt und gingen dann ein paar Schritte schweigend nebeneinander her. Ihr Weg führte sie vom Park kommend über einen unbefestigten Weg Richtung Zedau. Walther zückte eine Art Liste aus seiner Innentasche. Claus warf einen kurzen Blick darauf und sagte: »Wer soll das lesen können, ich bin doch keine zwanzig mehr?« Beide lachten.

An einer Flussquerung pausierten sie. Claus kramte seine Lesebrille hervor, dann widmete er sich der handschriftlichen Aufzählung von Namen und Bemerkungen. Als Überschrift stand in Tabellenform; Vorgangsart, Deckname, zuständige Diensteinheit, verantwortlicher Mitarbeiter und eine dreigliedrige Registriernummer. Mit den Decknamen und den jeweiligen Registriernummern konnte Claus Steiner nicht sonderlich viel anfangen, denn so etwas hatte er bisher noch nicht gesehen, geschweige denn in der Hand gehalten.

»Wer um Himmels willen ist GMS-Ernst«?, fragte er. Walther zog, zu Claus Verwunderung, eine zweite Liste, welche nummerisch sortiert war, hervor. »Siehst du die Registriernummern?« Claus nickte nur stumm. »Diese Registriernummern sind die Verbindungsglieder zu den Erfassungsdaten der IMs. Auch ein GMS ist ein Inoffizieller Mitarbeiter der Stasi. Das Kürzel GMS ist eine Kategorie und steht für Gesellschaftlicher-Mitarbeiter-Sicherheit ... ist also eine MfS-interne Bezeichnung. Die Reg-Nummer von GMS-Ernst verweist direkt zu seinem Zu- und Vornamen, nebst Geburtsdatum, Wohnanschrift und Beruf. Schau selbst, ich habe für dich die mir bekannt gewordenen Personen aus deinem Arbeitsumfeld herausgearbeitet.« »Ach du grüne Neune«, entglitt es Claus Steiner, »ich glaub es nicht! Ernst Kiehn - Jahrgang 1932, aus der Verwaltung der Kreispoliklinik, war dabei ... und hier ... ein IM Dr. Günter, Klarname Günter Paudler - Jahrgang 1933!« Dr. Claus Steiner zog seine Augenbrauen hoch, denn weitere geheimpolizeiliche

Spitzel gesellten sich dazu. Er hielt nun beide Listen aufgeregt nebeneinander, prüfte, denn auch IM-Dora Kurz alias Ruth Giffei aus dem Osterburger Gesundheitswesen stand auf der Liste der Inoffiziellen Mitarbeiter. Die Kreishygieneärztin Christa Hartländer mit dem Decknamen Vera Schmidt, sowie die Apothekerin Sabine Johannes mit ihrem fantasievollen Decknamen Maria Troll, spitzelten ebenso für die örtliche MfS-Kreisdienststelle. Claus Steiner tippte sich mit seinem Zeigefinger kurz an seine Nase. »Was soll eine Apothekerin schon ausbaldowern und an die Staatssicherheit melden, kannst du mir das erklären?« »Möglicherweise mehr, als du ahnst, Claus. Soviel ich weiß, sollte sie die politisch-operative Situation in der Pelikan-Apotheke aufklären. Das bedeutet im Klartext, dass sie vor allem die politische Einstellung und Zuverlässigkeit aller dort beschäftigten Personen zu überprüfen hatte. Das war doch für sie als Vorsitzende des Frauenausschusses kein Problem! Außerdem konnte sie Informationen zu eventuell praktizierten Medikamentenmissbräuchen liefern. So eine Ifo war ein prima Mittel zwecks Gewinnung neuer IM!« »Habe ich mich verhört, Walther, sagtest du gerade Ifo anstatt Info?« »Ganz recht, Claus, deine Ohren sind gut justiert! Im Ministerium für Staatssicherheit sowie im MDI ist Ifo die gebräuchliche Abkürzung für das Wort Information.« »Ist ja interessant«, murmelte Claus Steiner. »Übrigens«, erläuterte Walther, »der Hauptamtliche MfS-Mitarbeiter Günter Goll hat Sabine bereits 1975 geworben, er war ihr erster Führungsoffizier.

Danach wurde sie durch Hans-Walther Gose, Joachim Purps und Bernd Sommerfeld gesteuert.« »Hat sie auch über mich berichtet?« »Schon möglich!«, erwiderte Walther, »da waren noch ganz andere am Werke, näher dran, meine ich!« »Gab es weitere Genossen des regionalen medizinischen Personals, die mich betreut haben?« Walther deutete mit einem Fingerzeig auf die Liste. »Die beiden kennst du doch auch ganz gut - oder?« Am unteren Rand standen zwei Decknamen. Einmal ein Anton sowie ein gewisser Dr. Richard Hansen. Die zweite Liste enttarnte wiederum beide IMs. Die erste der beiden Registriernummern verwies auf den von ihm geschätzten Kollegen, Sportler und engagierten Tennisspieler namens Lange, Dr. Lothar Lange, die zweite Registriernummer auf Dr. Konrad Neuendorf, den Chefarzt des Seehäuser Krankenhauses. Zu beiden Medizinern pflegte Claus dienstliche, aber auch private Kontakte. »Lothar, ein Stasi-Spitzel? Ich bin einigermaßen überrascht, Walther!« »Mach dir mal um Lothar keinen Kopp«, meinte Walther, »wir von der Hauptverwaltung Aufklärung haben ihn damals im Juli 1979 auf Grund seiner politisch-ideologischen Einstellung geworben. Ich persönlich glaube, dass er nur zögernd unterschrieb, da er sich den Weg eines möglichen weiteren Auslandseinsatzes nicht verbauen mochte, und seine Rechnung ging auf! Sieh mal, Lothar war vorher schon von 1972 bis 1975 in der Volksrepublik Jemen als Botschaftsarzt der DDR im Einsatz, er wollte hier in der Altmark nicht versauern, auch nicht als Direktor unserer Kreispoliklinik. Ende der 70er bis Anfang der 80er Jahre war ich selbst kurz im Irak. In Bagdad habe ich ihn - insbesondere unter Berücksichtigung der erfolgten Luftangriffe - erneut als mutigen Botschaftsarzt wahrgenommen. Dort hat er für unsere HVA wertvolle Informationen gesammelt. Diese halfen uns dann, die richtigen Schlüsse zu ziehen, um dann letztendlich die erforderlichen Schritte einzuleiten. Manchmal wirkte er arrogant, doch ein Schwätzer war er nie. Mitte 1986 kam er von einem UNESCO-Qualifizierungslehrgang als nominierter NSW-Kader aus Moskau zurück. Dort muss irgendetwas vorgefallen sein, politisch oder privat. Er schien sich charakterlich stark verändert zu haben, war launisch und ungerecht, gelegentlich auch Patienten gegenüber. Die Gründe haben wir nie erfahren. Er zog sich immer mehr in eine Traumwelt und seine Gartenlaube zurück. Die Zusammenarbeit mit dem MfS beendete er, was insbesondere den stellvertretenden Leiter der Osterburger MfS-Kreisdienststelle, Oberstleutnant Weiß, verärgerte!«

»Weißt du Näheres über Dr. Neuendorf, Walther?« »Ja, Claus, aber ... am besten du machst einen Haken dran. Ich brachte vor Jahren meine Tochter ins Seehäuser Krankenhaus, da sah ich ihn kurz ... hatte jedoch keinen Kontakt zu ihm. Von einem Hauptamtlichen der zuständigen KD hörte ich später von dessen eigenartigem Charakter, denn er hat fast jeden seiner Mitarbeiter angeschwärzt. Er war übereifrig und lieferte dem MfS Ausgangsinformationen, die wiederum zu sogenannten OPK, also operativen Personenkontrollen führten. Du solltest ihn meiden, wenn du mich fragst!«

Nach einer kleinen Sprechpause ergänzte er seine Ausführungen mit dem Hinweis zu seiner - Claus Steiners - Datsche am Arendsee, die er schon seit Jahrzehnten nutzte. In grenznahen Gebieten, erklärte Walther Herzberg, tummelten sich prozentual mehr Spitzel, als es sich der normale DDR-Bürger vorzustellen vermag. Dort agierten statistisch durchschnittlich deutlich mehr Augen- und Ohrenpaare im Dienste der Geheimpolizei als DDR-weit üblich. Das altmärkische Arendsee lockte im Sommerhalbjahr nicht nur zigtausende DDR-Bürger an, die es zu überwachen galt. Auch der, über die Grenzübergangsstelle Bergen-Dumme geleitete, kleine Grenzverkehr zog zahlreiche BRD-Reisende, vor allem Rentner, in die Region. Diese brachten Divisen ins Land, auf welche unsere kleine DDR stets erpicht war und angewiesen schien.

Claus Steiner machte einen deprimierten Eindruck. »Ich denke, wir sollten für heute Schluss machen, ja? Ich muss nachdenken, hätte im Übrigen nie gedacht, dass ihr so viele Leute als Informanten einsetzt. Wo bleibt die Ethik, die Moral?« »Moral?«, erwiderte Walther, »die spielt in keinem Geheimdienst der Welt eine Rolle. Geheimpolizisten, Kundschafter an der unsichtbaren Front, Agenten oder Spione, sie alle handeln pragmatisch, ansonsten könnten sie ihre Aufgaben - früher wie heute - nicht erfüllen! Aber, lassen wir das ... wir sollten noch einen trinken gehen!« Sie verließen den Park und fuhren zur Altmärkischen Kaffeestube. »Wolfgang, unser Wirt, hat bestimmt einen guten Rotwein gebunkert«, meinte Dok Steiner. »Gewiss«, erwiderte Walther mit erhobenem Zeigefinger, »also lass uns einen heben ... auf bessere Zeiten, man weiß ja nie, was morgen kommt.« Ihm wurde bewusst, wie leichtfüßig diese Worte aus seinem Munde fielen »auf bessere Zeiten«, hatte er gesagt. »Wie dämlich«, dachte er mit dem Sensenmann an seiner Seite. Melancholie fesselte ihn für Sekundenbruchteile, dann kriegte er sich wieder ein und tat so, als ob seine eigenen Worte ihm nichts anhaben konnten.

Die HVA und der Terror

Ein paar Tage später fragte Sebastian seinen Großvater: »Wann zeigst du mir eigentlich die restlichen Utensilien aus dem Toten Briefkasten?« »Gemach, gemach«, antwortete Walther. »Ich muss verreisen, nicht für lange! Komm mal mit in die Scheune! Dort steht ein Tesla-Student-Tonbandgerät. Ich habe dir ein paar wichtige Fakten aufgesprochen.« Beim Öffnen der Scheunentür vernahmen beide das gewohnte, vertraute Ächzen. Sie schlossen die Tür und legten einen Riegel um. Walther ging zum Tonbandgerät und öffnete den schwarzen Deckel, welcher mit zwei seitlich angebrachten Schnappverschlüssen fixiert war. »So«, meinte er »jetzt schau gut zu. Hier, siehst du, schaltest du es ein. Mit diesen beiden Schaltern unter der linken Spule wählst du die unterschiedlichen Spuren aus. Auf der rechten Seite kannst du starten, stoppen, sowie vor- und zurückspulen ... alles verstanden, mein Bester?« Sebastian nickte, während sein Großvater ihn erleichtert ansah. »Ach ja«, ergänzte Walther Herzberg, »die Antwort auf deine ungestellte Frage, was wohl auf diesen Bändern zu hören ist, lautet: eine chronologische Aufstellung der Erkenntnisse unseres Auslandsgeheimdienstes, der HVA, der Hauptverwaltung Aufklärung bezüglich unserer Bruderstaaten sowie die Aktivitäten feindlicher Geheimdienste. Es ist ein Sammelsurium aus Informationen, Desinformationen, verbunden mit Taktiken der

Manipulation einzelner Personen, politischer Gruppen bis hin zur Volksverdummung. Sei so gut Bastian und setze dir beim Abhören einen Kopfhörer auf, damit wir keine schlafenden Hunde wecken, denn dies hier ist ein ziemlich heißes Eisen. Du bekommst Insiderwissen über palästinensische Terrorgruppen und deren Attentate und erhältst brisante Informationen über die israelischen Reaktionen durch ihren Geheimdienst, den Mossad. Es geht um Anschläge der RAF, der Roten-Armee-Fraktion in Westdeutschland und was die DDR-Regierung damit zu tun hatte. Du hörst von Verquickungen unserer Bruderstaaten bezüglich geheimer Waffenlieferungen und erkennst, warum die Staatssicherheit eine eigene Terrorabwehr aufbaute. Für die SED-Führung war es maßgebend, dass innerhalb der DDR keine links- oder rechtsgerichteten Aktivitäten entstehen.

Aufgrund der Zunahme politisch motivierter Gewalt schuf das MfS 1975 die Grundlage für die Gründung der Abteilung XXII. Diese Abteilung befasste sich überwiegend mit der Beobachtung und Bearbeitung linker Terrorgruppen in der BRD. Das Aufgabenfeld wurde jedoch zügig auf die Kontrolle des internationalen Linksterrorismus erweitert. Die MfS-Zentrale in Berlin stellte für die Bewältigung dieser Aufgaben circa dreißig Mitarbeiter (1975) in den Dienst der Abteilung XXII. Mit dem Anwachsen des Kaders kamen weitere Aufgaben hinzu, insbesondere die Überprüfung links- oder rechtsorientierter Organisationen, welche als

DDR-kritisch eingeschätzt wurden. Zusätzlich bearbeitete man SED-feindliche militante Gruppen in der BRD.

Die Initiative zur Schaffung der Abteilung Terrorabwehr geht auf den Generalleutnant Bruno Beater im Jahre 1973 zurück. Beater, der gleichzeitig 1. Stellvertreter des MfS-Ministers Erich Mielke war, befürchtete nach den Attentaten der palästinensischen Terrorgruppe *Schwarzer September* auf israelische Sportler während der Olympischen Spiele in München 1972, dass sich ähnliches auch in der DDR bei der Ausrichtung der X. Weltjugendfestspiele 1973 ereignen könnte. Generalleutnant Beater gründete daher rechtzeitig eine Zentrale Einsatzgruppe (ZEG), um eventuell nötige Gegenmaßnahmen einzuleiten. Das Ziel der geheimdienstlichen Aufklärung der als DDR-feindlich eingestuften Organisationen oder Einzelpersonen war zunächst die Identifizierung aller Beteiligten. Waren Gefährder namentlich bekannt, begannen Ermittlungen zum jeweiligen Charakter, zu Neigungen und Schwächen, Absichten, wie kriminelle Vorbereitungen zur Durchführung von Attentaten, sowie zu Kontakten zu anderen Gruppenmitgliedern und ggf. zu persönlichen Rückverbindungen in die DDR. Auf diese Weise konnte sichergestellt werden, dass das Territorium der DDR, von einigen Vorkommnissen abgesehen, frei von politisch motivierter Gewalt blieb. Terrorvorbereitungen und Attentate auf oder gegen die DDR zum Beispiel auf Konsulate oder Botschaften galt es frühzeitig aufzuklären und zu vereiteln. Das funktionierte! Geplante oder vollendete

Terrorakte gegen nichtsozialistische bzw. imperialistische Ziele wertete die Abteilung XXII hingegen als förderlich und fortschrittlich. Diese gen Westen gerichtete Gewalt nahm zuweilen paranoide Züge an. Dies wird deutlich, da die DDR-Staatssicherheit antiimperialistischen Kämpfern Unterschlupf gewährte und militärische Spezialkenntnisse angedeihen ließ. Demzufolge wurden Anschlagsvorbereitungen palästinensischer Terrorristen gegen westliche Ziele von Ostberlin aus möglich gemacht. Klar ist auch, dass die DDR ehemaligen Kämpfern, der in der BRD agierenden *Roten Armee Fraktion,* eine Übersiedlung in die DDR ermöglichte. Die verantwortlichen Geheimdienstler erstellten danach neue Identitäten und plausible Legenden. Eine effektive Terrorabwehr konnte durch die Zusammenarbeit mit der Hauptverwaltung Aufklärung, und insbesondere mit Hilfe der Hauptabteilung XI (Passkontrolle) abgedeckt werden. Die Kontrollen des Ein- und Durchreiseverkehrs aus den Ostblockstaaten wurden von unseren Bruderorganen und den damit verbundenen Informationsaustausch abgesichert. Die Kontrollen konnten später durch das streng geheime SOUD-Datennetz unter sowjetischer Führung noch verfeinert werden. In der Königsklasse bewährte sich, neben der Nutzung spezieller Mittel und Methoden, die Gewinnung geeigneter IM. Die Inoffiziellen Mitarbeiter wurden in Terrororganisationen eingeschleust. Derlei Aufgaben, also das gezielte Eindringen in die jeweiligen Terrororganisationen, oblagen der HVA. Auf Bezirksebene richtete die

Abteilung XXII sogenannte Arbeitsgruppen ein. Diese waren dem Leiter einer MfS-Bezirksverwaltung oder dem *Stellvertreter-Operativ* unterstellt.

So, mein lieber Bastian, jetzt folgen ein paar wichtige Hintergrundinformationen, damit du verstehst, woher die zu Recht bestehende Terrorangst und das eventuelle Überschwappen auf das DDR-Territorium kam.

Du hast doch bestimmt schon von den sogenannten 68ern, einer Studentenbewegung in der BRD, gehört! Diese Bewegung, welche in den USA ihren Ursprung hatte und sich ihren Weg Richtung Europa bahnte, die verunsicherte nun auch unsere Bürger und deren weintrinkende Wasserköpfe. Die Gründe dafür dürften in den damaligen kriegerischen Auseinandersetzungen zu suchen sein.

Die Konflikte in Korea, in der Volksrepublik Ungarn, die Indochinakriege - an denen sich Franzosen, Amerikaner, Chinesen, Japaner und die Sowjetunion beteiligten - erzeugten Ängste. Auch die Unruhen und Aufstände in der CSSR und die Niederschlagung durch die Sowjets taten ihr Übriges. Das waren komplizierte Zeiten.

Im Nahen Osten brodelt es bis heute. Juden und Muslime vertragen sich nicht. Israelis und Palästinenser bekämpfen sich folglich, wo sie nur können, politisch und militärisch. Als Motive sehen wir Landgewinn, den Kampf um Rohstoffe und Machterhalt, von strategisch wichtigen Militärbasen abgesehen ... ist ja klar, mein lieber Bastian. Oft geht es um existenzielle Dinge wie Trinkwasser, ohne

Wasser kein Überleben! Im Nahen Osten brennt die Luft - im wahrsten Sinne des Wortes - und das hat nicht immer etwas mit den klimatischen Verhältnissen zu tun -, nein, gelegentlich reichen Kränkungen aus, um Attentate auszulösen und handfeste Kriegshandlungen einzuleiten.

Bleiben wir in den 70er Jahren: Eine Gruppe von Palästinensern etablierte eine Guerilla-Bewegung. Diese mörderische Bande wählte ihren Namen *Schwarzer September*, nachdem der jordanische König Hussein die palästinensische Bewegung in seinem Land Ende September 1970 zerschlug. Eine extreme Fedajin-Gruppe beging Morde an fünf Jordaniern, die in Westdeutschland lebten, da sie glaubte, dass diese für den israelischen Staat spionierten. Ein Versuch des *Schwarzen September,* den jordanischen Botschafter in London zu ermorden, scheiterte hingegen.

Jassir Arafat sympathisierte bereits seit Beginn der 70er Jahre mit dem Politbüro der SED. Daraufhin sicherte unser Zentralkomitee ihm und der PLO zivile und nichtzivile Unterstützung in Höhe von 1,5 Millionen DDR-Mark zu, inklusive der Lieferung X-Tausender Maschinenpistolen.

Am 28.11.1971 ermordeten vier palästinensische Terroristen den jordanischen Premier *Wasfi Tell* in Kairo.

1972 glückte dem *Schwarzen September* ein Bombenattentat in einer Hamburger Fabrik, da dort elektronische Komponenten für die Israelis hergestellt wurden.

Am 05.09.1972 attackierten - das erwähnte ich bereits - palästinensische Kommandokräfte die Olympischen

Sommerspiele in München. Dabei verloren elf israelische Sportler ihr Leben. Der israelische Geheimdienst Mossad sowie die Westdeutschen Sicherheitsbehörden hatten von den Anschlagsvorbereitungen Wind bekommen, jedoch nicht konsequent gehandelt. Teile des *Schwarzen September* reisten mit diversen Waffen auf getrennten Wegen unbehelligt nach Westdeutschland. Das geschah - man wird es später stets leugnen - unter Hilfestellung unserer Berliner Stasi-Zentrale. Unsere friedensliebende DDR sorgte also dafür, dass die Anschläge mittels sowjetischer Kalaschnikows, Handgranaten und Makarow-Pistolen, ermöglicht wurden.

Es folgte ein Schlagabtausch zwischen palästinensischen Terroristen und dem israelischen Mossad mit seinen Spezialeinheiten. Die israelische Premierministerin Golda Meir, befahl nach den Münchener Anschlägen einen Vergeltungsschlag gegen den *Schwarzen September*. Sie unterschrieb das Todesurteil gegen den Anführer Yusif Najjar, besser unter dem Namen Abu Yusuv bekannt, welcher als ehemaliger Geheimdienstoffizier in Jassir Arafats *Al Fatah* diente. Zu den Todeskandidaten zählte auch der oft brutal vorgehende *Ali Hassan Salameh.* Der israelische Geheimdienst führte ihn - meines Wissens - unter dem Namen *Roter Prinz,* da selbiger von Ostdeutschland aus die Münchener Attentate planen und vorbereiten konnte.

Golda Meirs Befehl, die palästinensischen Terroristen dort zu töten, wo man sie antraf, machte sie selbst zum Ziel des *Schwarzen September*. Der Mossad sah sich genötigt, eine Killerbande (Kidon) der Metsada, also eine Spezialeinheit des Mossad, zu aktivieren und ausschwärmen zu lassen. Übrigens Bastian«, erklang es aus dem Kopfhörer, »Kidon bedeutet Bajonett, das ist die operative Einheit für Exekutionen.«

Sebastian brauchte eine Pause. Er stoppte das Tonband und nahm den Kopfhörer von seinen geplagten Ohren. Er verschloss die Scheune und ging zum Wohnhaus. Währenddessen grübelte er über das umfassende Wissen seines Großvaters nach. Das hier gehörte, konnte keinesfalls auf Hörensagen zurückzuführen sein. In welcher Form war sein Großvater involviert, bei welchen Operationen beteiligt oder sogar federführend? Sebastian kam mit einem Glas Cola zurück und startete das Tonband erneut.

Mit chronologischen Fakten ging es weiter: »Am 16. Oktober 1972 tötete diese Spezialeinheit Abdel Wael Zwaiter, den PLO-Vertreter in Rom, im Aufzug zu seiner Wohnung. Am 08. Dezember 1972 tötete die Mossad-Einheit den PLO-Chefvertreter Mahmoud Hamshari in Frankreich. Als Hamshari den Hörer abnahm, zündete der Mossad mittels Fernzündung die vorher in seinem Telefon verbaute Bombe. Der Mossad ließ in diversen arabischen Zeitungen Todesanzeigen von noch lebenden palästinensischen Terroristen schalten. Des Weiteren versandte er Briefbomben an Araber im Nahen Osten und in Europa. Auch die PLO tat dies. Empfänger waren israelische Amtsinhaber, politische Entscheider und prominente jüdische Persönlichkeiten wie z. B.

Bedienstete an diversen israelischen Botschaften in ganz Europa.

Mitte Januar 1973 war ein inoffizieller Besuch der Premierministerin Golda Meir bei Papst Paul VI in Rom geplant. Davon erfuhr auch Abu Hassan, der *Rote Prinz*. Er beschloss, Golda Meirs Flugzeug mit sowjetischen Strela-2-Raketen abzuschießen. Die knapp 10 kg leichte Flugabwehrrakete basiert auf einer amerikanischen Entwicklung mit Redeye-Funktion, also auf Infrarotbasis. Zivile Passagierflugzeuge sind, da sie über keine Täuschkörper verfügen, der nahenden Gefahr schutzlos ausgeliefert. Schnelle und tieffliegende Kampfjets können hingegen, soweit die Raketen rechtzeitig erkannt werden, mühelos entkommen, da die Strela-2-Raketen nicht sonderlich wendig sind. Abu bzw. Ali Hassan organisierte den Transport zahlreicher Strela-Raketen - die in einem Trainingslager des *Schwarzen September* in der Volksrepublik Jugoslawien gelagert wurden - ins gegenüberliegende Italien. Vor dieser Aktion warb er auf der Hamburger Kiez-Meile einen abenteuersuchenden Freizeitkapitän, nebst ein paar netten Damen an. Diese sagten im Glauben, eine unbeschwerte Kreuzfahrt antreten zu können, zu. Unbewusst schipperten sie die in Holzkisten verpackten Strela-Raketen vom jugoslawischen Dubrovnik, über das Adriatische Meer, zum gegenüberliegenden Bari an der italienischen Küste. Die Kuriere überlebten ihr Abenteuer nicht, denn man exekutierte sie nach Übergabe ihrer todbringenden Fracht.

Dies alles geschah mit dem Wissen und unter der operativen Kontrolle des jugoslawischen Geheimdienstes und der der HVA, unserer braven DDR. Von Bari aus transportierten Mitglieder des *Schwarzen September* die Holzkisten, welche vorher in handelsübliche Lieferwagen umgeladen wurden, nach Rom. Das geplante Attentat auf Golda Meir wurde durch konsequentes Handeln von Mossad-Spezialisten auf italienischem Boden - ohne die örtlichen Behörden genauer in Kenntnis zu setzen - vereitelt. Während dieser Operation gegen den *Schwarzen September* gab es Tote und zahlreiche Verletzte auf palästinensischer Seite. Erstaunlicherweise blieb diese Aktion der Weltöffentlichkeit verborgen.

So, das Band ist fast bis zum Ende besprochen. Denke immer daran ... immer schön die Scheunentür verriegeln und Kopfhörer auf. Erst wenn du damit fertig bist, Sachen verstauen und gut abtarnen, so wie wir es geübt haben - auch wenn deine Eltern dich suchen - dann erst öffnen. Bis bald Bastian, wir sehen uns in wenigen Tagen ... und halt die Ohren steif, mein Junge!«

Nächster Halt Lüneburg

Lüneburg, nächster Halt ist Lüneburg-Hauptbahnhof, schallte es aus dem Lautsprecher. Walther stand auf, ergriff sein Reisegepäck und reihte sich ein in einen Tross von Reisenden in Richtung Ausgangstür. Auf dem Bahnhofsvorplatz zog er genüsslich eine Zigarette aus seinem Zigarettenetui. Er schaute sich entspannt um. Niemand schien ihn zu beobachten, denn die allermeisten Reisenden eilten zügig zum Taxenstand, einige Wenige ließen sich augenscheinlich von Bekannten abholen. Walther schaute nun absichtlich auffällig und hecktisch auf seine Armbanduhr, machte auf dem Absatz kehrt und eilte zurück in den Bahnhof. Am Gleis 1 blieb er stehen, denn dort fuhr ein Zug in Richtung Hamburg ein. Er achtete genauestens auf Leute, die ebenfalls dort warteten. Er prüfte, ob darunter Reisende waren, die vorher mit ihm ausgestiegen waren. Er vermittelte den Eindruck, zusteigen zu wollen, tat dies jedoch nicht. Er blieb einfach stehen und wartete auf die Abfahrt des Zuges. Spätestens jetzt wäre ihm ein vermeintlicher Verfolger aufgefallen, denn dieser wäre ebenfalls nicht zugestiegen. Nun ging er erneut zum Bahnhofsvorplatz zurück, setzte sich in ein Taxi und ließ sich in der Lüneburger Innenstadt am Stintmarkt absetzen. Walther schlenderte umher und ging zu einem wahllos ausgewählten Café. An einem der wenigen Stehtische blieb er, trotz der Witterung stehen, zündete sich eine Zigarette an und wartete. »Ich hätte gerne eine Tasse Kaffee«, meinte er zu einer lustlos wirkenden Kellnerin. »Wir haben nur Kännchen«, erwiderte diese flapsig. »Sie müssen doch Tassen haben«, empörte sich Walther schlagfertig, »oder glauben Sie, ich trinke direkt aus einer Kanne?« »Natürlich haben wir Tassen«, konterte die Lustlose. »Gut, gut, dann sind wir uns ja einig ... also eine Tasse Kaffee und einen Aschenbecher bitte.« »Sie haben mich missverstanden, mein Herr, was ich sagen will, ist, dass wir draußen nur Kännchen ausschenken - Anweisung vom Chef, verstehen Sie?« »Schon gut, Fräulein, ich habe sie schon verstanden!«

Walther drückte seine Zigarette aus, betrat die Gaststätte, schaute sich um, eilte zu einem Münzfernsprecher und wählte eine ihm bekannte Rufnummer. »Hier ist dein alter Freund Walther«, meinte er, noch bevor der Angerufene etwas sagen konnte. »Ich trinke gerade Kaffee, treffen wir uns am *Alten Kran*? Du erkennst mich an meinem grauen Dreiviertelmantel und einer passenden Schiebermütze.« »In zwanzig Minuten könnte ich dort sein«, erwiderte sein Gesprächspartner, dann legten beide auf. Walther trank seinen Kaffee aus, zog seinen Mantel über und schnappte sich sein Gepäck. Schlendernd ging er in Richtung *Alter Kran*. Dort vernahmen seine noch gut funktionierenden Ohren ein interessantes, sich näherndes Geräusch. »Ein Sechszylinder«, dachte er sich, »solch ein markantes Geräusch hört man nicht alle Tage.« Ein stattlicher BMW 733i bog gemächlich um die Ecke, fand in einer Lücke Platz und brummte noch eine halbe Minute vor sich hin. Stillstehend beobachtete Walther das Geschehen. Ein ihm - der Statur nach - nicht unähnlicher Mann stieg aus und schaute sich um. Walther stand wie angewurzelt, jedoch hochkonzentriert auf einer Stelle. Nun wurde klar, dies ist seine Kontaktperson. Nachdem sich beide Blicke trafen, überquerte die Kontaktperson die Straße und kam schnurstracks auf ihn zu. »Bruderherz«, entwich es Walther, nun umarmten sich beide vertraut und länger als, allgemein unter Männern, üblich. »Wie lange haben wir uns nicht gesehen, Werner?« »Sechseinhalb Jahre dürften es wohl sein«, meinte selbiger. »Sommer 1984, unser letztes konspiratives Treffen auf der Insel Krk / Jugoslawien. Junge, Junge, das war ein Sommer. Ein toller Campingplatz, hübsche Frauen und sauberes Wasser. Und du Walther hieltest, mit deinem blauen Trabi, genau hinter meinem Strich-Achter Mercedes-Benz. Dieses Bild vergesse ich nie. Die Brötchen, die triefende Salami ... also eine so leckere Wurst habe ich seitdem nie wieder vor die Nase bekommen.« »Stimmt«, meinte Walther, »mir läuft beim Gedanken daran noch immer das Wasser im Munde zusammen, und durch das Verfüttern der Brötchenkrumen freundeten wir uns mit den halbzahmen, wie äußerst neugierigen, Wasserratten an. Du hast Recht, das war wirklich ein herrlicher Sommer. Oft denke ich an den marmorierten Platz, auf welchem wir bis in die späten Abendstunden hinein, barfüßig lustwandeln konnten?« »Stimmt Bruderherz, so etwas vergisst man nicht«, antwortete Werner. »Lass uns ein paar Schritte gehen, ich mime derweil den Stadtführer und zeige dir ein paar Pinten.« »Pinten«, fragte Walther nach. »Ja Bruderherz, Kneipe, Spelunke oder eben Pinte ... ist doch egal, Hauptsache Flüssigkeiten in Form von Bier, Wein oder Wasser. Wir hätten eine Menge zu besprechen, meintest du neulich ... also los geht´s, wir wollen schmatzen und schwatzen.« In diesem Augenblick hielt Werner seinen Bruder am Ärmel seines Mantels fest, schwenkte um neunzig Grad nach links, und bugsierte beide in genau so eine Pinte. Diese war verraucht, aber urig eingerichtet. Nach ein paar Schoppen Rotwein entschieden sich die eineiigen Zwillinge jeweils für eine Riesenpizza, denn diese waren hier in Lüneburg genau so populär, wie jene in Kiels Innenstadt, einem Lokal namens Heinrich der VIII. Sie tauschten Erinnerungen aus Kinder- und Jugendtagen aus, nur über eines sprachen sie nicht; ihren beruflichen Werdegang und das Leben und das für und wider im jeweils anderen Deutschland.

Der nächste Morgen begann für die Herzberg-Brüder erst um elf Uhr morgens. Werners Ehefrau war noch berufstätig, daher verplanten sie die restliche Zeit für eine Tagestour. Die Elbe, ein Kleinod für Mensch und Tier. Lüneburg - Winsen/Luhe - Stöckte. Höhe Lütjenburg hielten sie, dann ging es zu Fuß weiter zum Hooper-Elbdeich. »Wollen wir reden, Walther?«, fragte Werner. »Du hast kaum über dein bisheriges Arbeitsleben erzählt!« »Das aus deinem Munde, Werner? Als ehemaliger Berufssoldat warst du auch nicht gerade geschwätzig, wir wollten uns doch nicht gegenseitig in Erklärungsnöte bringen, denke ich - oder? Ach, weist du, was mir hier im goldenen Westen am besten gefällt, das ist die bessere Luft. Bei uns im Osten magst du nicht lange an Elbe oder Saale verweilen. Es stinkt zum Himmel. Unseren Oberen war der Umweltschutz fremd, denn die Erfüllung aller Produktionsvorgaben ging stets vor. Schon der Begriff Umweltschutz an sich, war den führenden Genossen suspekt. Stell dir mal vor, du trügest ein weißes Hemd, drehst eine Runde durch Halle und keine halbe Stunde später ist dein Hemdkragen braun. Ja, so ist das. Die Gewässer sind versifft und meist mit braun-weißem Schaum gesäumt. Unzählige Bürger, vor allem die Kinder, leiden unter Atemwegserkrankungen, es ist grauenhaft!« »Gehst du jetzt unter die Ökos?«, fragte Werner. »Nein, Bruderherz, aber ich denke dabei auch an meinen Enkel Bastian und all die anderen jungen Leute. Denen sollten wir eine halbwegs erträgliche Umwelt hinterlassen.

»Nun zu Dir, Werner ... ich hatte es gestern Abend erzählt, wie es gesundheitlich um mich bestellt ist. Es ist also an der Zeit, die Katze aus dem Sack zu lassen ... will sagen, wir sollten dich meiner Familie vorstellen. Wenn du dich nämlich erst zu meinem Begräbnis sehen lässt, dann fallen womöglich ein paar Verwandte, Nachbarn oder ehemalige Kampfgefährten in Ohnmacht oder gar in die Gruft. Sie alle können schließlich nicht wissen, dass ich einen Zwillingsbruder habe.« »Du bezeichnest deine Mitstreiter vom *Schwermaschinenkombinat Ernst Thälmann* als Kampfgefährten?«, fragte Werner nach. Walther antwortete zunächst nicht, zog nur vielsagend die Augenbrauen hoch und schaute dabei in Werners Gesicht. Diese Gestik und Mimik kannte er genau. Es kam ihm vor, als schaute er in einen Spiegel. Beide schienen sich nur durch ihre unterschiedlichen Dialekte zu unterscheiden, denn darauf hatten ihre gemeinsamen Gene keinen Einfluss. Walther Herzberg war anzuhören, dass er aus der *Altmark* kam, ein Dialekt vermischt mit leichten Magdeburger Akzenten bei bestimmten Redewendungen. Wenn man privat wird, das wusste Walther, dann versagt auch oft jegliche Sprecherziehung, auf die er bis vor kurzem aus einer dienstlichen Notwendigkeit heraus, den allergrößten Wert legte. Er holte zweimal tief Luft und versuchte, emotional ruhig zu bleiben. Dann antwortete er scheinbar gelassen auf Werners Frage.

An der unsichtbaren Front

»Es ist so, Bruderherz. Die Sache mit dem SKET-Magdeburg war reine Legende. Meine Vorgesetzten richteten mit dort ein kleines Büro ein ... für alle Fälle, Fälle. Ich war Mitarbeiter beim Ministerium für Staatssicherheit.« »Du, ein Stasi-Spitzel?«, bohrte Werner nach. »Nein Bruderherz, ich arbeitete als Hauptamtlicher Mitarbeiter des MfS, war Ausbilder und Reisekader. Wie sonst hätte ich mich im Operationsgebiet Nr. 1, also der BRD, so frei bewegen können. Man hat mir stets vollumfänglich vertraut. Unsere heimlichen Treffen waren nur so möglich. Selbstverständlich hat davon - so hoffe ich - niemand etwas mitbekommen, ansonsten wäre ich gemaßregelt, degradiert und möglicherweise weggesperrt worden. Solche ungenehmigten Kontaktaufnahmen waren meldepflichtig. Wir hätten uns nie wiedergesehen.« Werner war sprachlos. Ihm war anzusehen, wie es in ihm brodelte. Er überlegte, während sie an der Elbe nebeneinander hergingen, wie er mit dem soeben Gehörten umgehen solle. Gleichzeitig war klar, dass Walther Recht hatte, denn er wusste, dass auch er selbst als Berufssoldat auskunftspflichtig war. Der bundesdeutsche MAD, der Militärische Abwehrdienst, hätte ihn gehörig auf den Topf gesetzt. Möglicherweise hätten sie herausgefunden, dass sein Zwillingsbruder ein hoher MfS-Offizier war. Eine unehrenhafte Entlassung hätte, nebst einer gerichtlichen Anklage, seine Karriere beendet, jene Karriere, die damals nach seinem Studium im Jahre 1955 in der neu aufgestellten Bundeswehr begann.

»Mein lieber Walther, da bin ich dir auf den Leim gegangen. Ich glaubte wirklich, dass du als Ingenieur für das *SKET* tätig warst. Du hattest damals schon, als wir uns das erste Mal zufällig in Hamburg begegneten, alles plausibel erklärt. Für Chemie und Physik hattest du dich als Kind schon begeistert, warum also, sollte ich an deinen Angaben zweifeln!

Wusstest du eigentlich, wo und wann ich, an welchen Bundeswehrstandorten stationiert war?« »Nein, Werner«, meinte Walther. »Na ja«, ergänzte er, »am Schlüsselbund deines Mercedes baumelte, und das ist mir im Jugoslawien-Urlaub aufgefallen, ein Schlüsselanhänger mit dem Verbandszeichen der PzBrig8. Das passte zum LG-Kennzeichen deines Autos. Man muss kein Genie sein, um folgern zu können, dass du augenscheinlich bei der Panzerbrigade 8 in Lüneburg stationiert warst. War es so?« »Natürlich war es so!«, erwiderte Werner.

Die Herzberg-Brüder näherten sich einer, am Elbdeich stehenden, Bank. Sie setzten sich und Walthers Bruder nahm zwei Becher aus seiner Manteltasche, öffnete die mitgebrachte Thermosflasche und goss beiden ein. »Der Kaffee tut gut«, meinte Walther. »Übrigens«, ergänzte er, »ich hatte vor ein paar Monaten einen Teilbericht unserer MfS-Funkaufklärung in der Hand. In diesem fanden sich Querverweise zu dem besagten *MIL-ND*, dem Militärischen Nachrichtendienst der NVA sowie Hinweise vom Grenzkommando-Nord aus Stendal. Unsere HAIII schnitt schon seit einiger Zeit die Gespräche einer Telefonzelle, diese muss im sogenannten *Olympischen Dorf* bei der InstKp80 gestanden haben, mit. Von dort aus haben viele Soldaten nach Hause telefoniert. Über neunzig Prozent der Inhalte waren privater Natur. Aber genau diese neunzig Prozent interessierten die HVA. In diesen Gesprächen ging es oft um Liebesbeziehungen und deren abzusehendes Ende ... ist ja klar! Die sich manchmal langweilenden Freundinnen und Ehefrauen gingen in Diskotheken und danach manchmal eben auch fremd. Das belastete die Soldaten, logisch! Für unsere MfS-Aufklärer war aber genau dies der reinste Goldstaub. Auch finanziell überschuldete Soldaten waren interessant. Gelegentlich ergaben sich so Ansatzpunkte, um dies im Sinne einer Anwerbung für unsere Dienste zu nutzen. Wenn wir solche Hinweise bekamen, dann leiteten wir diese an den Militärischen Nachrichtendienst unserer Streitkräfte weiter. In einem Bericht stand etwas von einem Zugführer, der stets viel zu viel soff. Der ließ dann seiner Ehefrau durch Soldaten ausrichten, dass er nicht nach Hause kommen könne, da wieder einmal eine Nato-Übung anstünde!

Auf der gegenüberliegenden Seite muss die Instandsetzungskompanie 5/3 gelegen haben. Wenn ich alles richtig deute, dann muss es dort einen Ausbilder gegeben haben, welcher für die Beschaffung von Unterlagen zwecks Vorbereitung der Panzerschlosser auf eine sogenannte *ATN* verantwortlich war. Ab und zu bekamen wir Auszüge aus Pflichtenheften für Wartungsintervalle und Reparaturpläne über den Kampfpanzer Leopard II, den MTW und zu einer Panzerhaubitze. Das war schon interessant, zumal uns durch Quellen bei *MBB*, *MTU* und andere Zulieferer an den Produzenten Krauss-Maffei, weitere geheime Konstruktionspläne zukamen.«

»Du erschrickst mich Walther«, meinte Werner. »Dein Detailwissen über unsere militärischen Strukturen und die damit einhergehenden Schwächen sind schon erstaunlich!« »Naja«, erwiderte Walther Herzberg, »dieses Wissen haben unsere Kundschafter mühevoll zusammengetragen. Jeder Einzelne von ihnen hatte ein begrenztes Aufgabengebiet. Wenn man jedoch, wie ich, mit den Auswerte- und Informationsgruppen zu tun hatte, dann ergaben diese Teilinformationen in der Summe ein interessantes Gesamtbild. Dies betrifft nicht nur militärische Strukturen, denn wir hatten in fast allen sicherheitsrelevanten Behörden unsrer Informanten. Die Landesverfassungsämter, Bundesbehörden, politische Parteien, Polizeistrukturen und Umweltinitiativen waren lohnenswerte Aufklärungsziele. Von Sicherheit kann man bei euch hier im Westen eigentlich nicht sprechen ... ihr seid diesbezüglich ziemlich nachlässig. Jeder halbwegs technisch Interessierte kann den Polizeifunk abhören, dafür braucht man nur ein leicht modifiziertes Kofferradio. Die Funkgespräche im 2- und 4-Meter-Band gingen oder gehen immer noch unverschlüsselt über den Äther. Das war ein Witz, Werner! Da wurden über Jahrzehnte Tarnschieber benutzt, deren Codes jeder entschlüsseln konnte. Die Schutz- und Kriminalpolizeibehörden verwenden seit Ewigkeiten den *Schieber-3*. Selbst wenn die Leitfunkstellen *Sohle* oder, die höhere Instanz, *Luna* ihre *SVG*, also ihre Sprachverschleierungsgeräte benutzen, das hat das mit Sicherheit nicht viel gemein. Ein geduldiges und geschultes Ohr wird trotzdem alles dechiffrieren und das Ganze ohne die Nutzung technischer Hilfsmittel.

Im Bereich um Lüneburg nahmen wir hauptsächlich die Bezirksregierung, auf der Hude Nr. 2, ins Visier. Unsere HVA bzw. die Hauptabteilung III, hatten immer, auf Grund der vorliegenden Zielkontrollaufträge, ihre Augen und Ohren auf die B-Netz-Funktelefone der Polizei- und Kriminaldirektoren gerichtet. Wir fanden heraus, dass der Lüneburger Kriminaldirektor *R.* regelmäßig geschwärzte Fälle an die Bavaria-Studios in München weitergab, denn dort wurden die Serien der SOKO 5113 produziert. Wenn ich mich richtig erinnere, dann hat Bernd Herzsprung, welcher zwischen Garlstorf und Nindorf im Kreis Harburg, ein Haus bewohnte, diese ihm überlassenen Filmvorlagen eigenhändig entgegengenommen und weitergeleitet.

Du siehst also, mein lieber Werner, wir waren immer und fast und überall im Bilde, auch über menschliche Bedürfnisse von Kriminalrat *V.* und Co., sofern sie sich durch die diensthabenden Polizeikraftfahrer der Fahrbereitschaft, zur späten Stunde in den Puff fahren ließen.«

Die Herzberg-Brüder schauten auf die Elbe, sahen Frachtschiffen, Booten und Bötchen nach. Diese Wasser-Transit-Strecke hatte ihren landschaftlichen Reiz. Dieser wurde vor nicht allzu langer Zeit noch durch DDR-Grenzboote getrübt, denn beide deutsche Staaten stritten bis zuletzt über den tatsächlichen Verlauf der Staatsgrenze im Abschnitt zwischen Lauenburg elbaufwärts bis Schnackenburg im beschaulichen Wendland. Die Westalliierten und die spätere Bundesrepublik Deutschland betrachteten den Grenzverlauf am Ufer zur DDR. Die Sowjets und die spätere DDR hingegen beharrten auf die Grenzfestlegung bei Elbmitte. Dies hatte nur einen einzigen positiven Effekt, denn dadurch waren beide deutschen Staaten zum Sauberhalten der Fahrrinne zuständig, auch im Winter, denn in der kalten Jahreszeit hielten beide Regime die Elbe eisfrei und somit befahrbar.

Werner ergriff das Wort. »Magst du mir etwas über deine Lungenkrankheit erzählen?« »Es ist ein Lungenkrebs, welcher bereits metastasierte«, erwiderte Walther. Werner wusste aus der Zwillingsforschung, dass eineiige Zwillinge - oft in kurzen Abständen- die gleiche Krankheit ereilt, blieb aber stumm, um seinem Bruder nicht ins Wort zu fallen. »Ich habe wohl Ende der 70er Jahre im Umgang mit diversen Substanzen nicht richtig aufgepasst. Wir bekamen vom Operativ-Technischen-Sektor - kurz *OTS* - des MfS technische Geräte geliefert. Diese wurden von unseren Technikern an der Grenzübergangsstelle-Marienborn heimlich montiert. Diese Geräte sollten Fluchthelfer und Republikflüchtige entlarven.. Mit diesen Geräten durchleuchteten speziell geschulte Mitarbeiter - nach einer Erprobungsphase - alle ausfahrenden PKW sowie LKW. Während dieser Erprobung ließen dafür etliche Tiere ihr Leben, denn wir durchleuchteten sie unter Nutzung von Gammastrahlern mit Cäsium-137 oder auch mit Cobalt-60. Diese Versuchsphase war wichtig, um herauszufinden, ab welcher Dosis Gesundheitsschäden auftreten. Die Probanden waren meist Hunde. Tragende Tiere verloren recht zeitnah ihre Embryonen und falls nicht, dann waren deren Föten meist missgebildet. Die medizinischen Messergebnisse dienten letztendlich dazu, die richtigen Bestrahlungsdosen festzulegen. Das war gar nicht so einfach, denn einerseits musste die Dosis hoch genug sein, um bei den Kraftfahrzeugen das Chassis und die Bodenbleche zu durchdringen, um geschleuste Personen sichtbar zu machen. Zu hoch durfte die Dosis allerdings auch nicht sein, damit unbelichtetes Foto- und Filmmaterial nicht schwarz wurde und somit unbrauchbar war. Das hätte die ganze Aktion verraten und der DDR nachhaltig im Ansehen noch mehr geschadet. Tja, Werner, das ist nur eine der möglichen Ursachen meiner Erkrankung. Eine Weitere könnte möglicherweise meine Anwesenheit bei einem geheimen und missglückten Feldversuch in Usbekistan sein. Dort wurden - von unseren Freunden- den Sowjets mit der Unterstützung eines genialen ostdeutschen Chemikers, militärische Kampfstoffe hergestellt und erprobt. Die Labore waren als Düngemittelfabriken getarnt. Eines ist auch klar, Werner, die eingesetzten Chemiker und Biologen kannten sich lediglich in ihren Aufgabenbereichen aus. Ich glaube nicht, dass sie vom erhofften Endprodukt Kenntnis hatten, doch erahnen hätten sie es schon können. Um es kurz zu machen, Bruderherz, dort entstand unter anderem ein hoch toxisches Produkt. Es trug die Bezeichnung *A-232*, es war eine zähflüssige Substanz und höchst gefährlich. Diese Substanz wurde weiterentwickelt und bekam die finale Bezeichnung *Nowitschok-5*. Die Herstellung war zeitraubend, da diese Kampfstoffe strenge Vorgaben und Parameter erfüllen mussten ... ist ja klar, denn eine Waffe dieser Art muss stabil, also lagerfähig sein. Des Weiteren soll sie wärme- und kältebeständig sein, darf weder verdunsten noch kristallisieren.«

Werner, keine Sorge ... du wirst mindestens einhundert Jahre alt. Mit Genetik hat mein Problem nichts zu tun, ich hätte besser aufpassen sollen. Besuchst du mich? Ich möchte dir meine Familie vorstellen. Bastian und du, ihr beiden bekommt meine gehorteten Stasiakten. Wir drei sollten einen Schlachtplan entwickeln, denn die Akten dürfen dort, wo sie derzeit liegen, nicht bleiben. Es wäre lobenswert, wenn du Bastian mit der Aufarbeitung dieser Sach- und Personalakten nicht allein lassen würdest. Er ist doch erst vierzehn Jahre alt. Er wird manches nicht einordnen können. Hilfst du ihm?« »Natürlich«, erwiderte Werner, »helfe ich ihm, aber wir müssen uns zunächst miteinander bekannt und vertraut machen.« Beide standen auf und setzten ihren Spaziergang am Elbdeich fort. »Wer weiß denn noch von diesem Konvolut an Informationen«, wollte Werner wissen, »und wo wollen wir die Akten bearbeiten und lagern?« Walther überlegte eine Weile, während sie rauchten und den restlichen Kaffee austranken. »Komm mit«, meinte Werner, »es dämmert bereits ... lass uns zurückfahren. Es wäre doch gelacht, wenn wir keinen Termin fänden, um unseren Plan umzusetzen. Ich freue mich auf meine alte Heimat.«

Advent in der Altmark

Ein zartes Klappern weckte Walther aus seinem Mittagsschläfchen, während Moni eine zweite Kerze am Adventskranz entzündete. Das warme Licht ließ ihn langsam wach werden. Ob ihm der Sensenmann eine weitere Adventszeit genehmigt?, überlegte er halb besonnen. Unter Umständen hätte er noch ein Jahr zu leben, hieß es bei der letzten Untersuchung in der Berliner Charité. Er stand auf, ging zu seiner Tochter, schloss seine Arme um sie und drückte sie warmherzig wie schon lange nicht mehr. Moni atmete tief durch. »Wie geht es dir heute, Papa, kann ich etwas für dich tun?« »Kannst du«, erwiderte er! »Ich würde mich - mit der ganzen Sippe meine ich - über ein gemeinsames Kaffeekränzchen freuen.« Er schaute auf seine Armbanduhr, es war viertel drei. »Schön, dass wir alle beisammensitzen«, meinte Moni. »Ja«, ergänzte Kurt, und auch Sebastian nickte zustimmend. Walther blickte in die Runde. Sein Blick fiel auf Kurt, seinen Schwiegersohn, den er dabei musterte und freundlich ansah. »Ich bin stolz auf dich Kurt, und ich glaube«, fuhr er fort, »deine Frau und dein Sohn sind es auch!« Kurt bekam feuchte Augen, denn er wusste, was sein Schwiegervater damit meinte. Diese Worte taten ihm gut, denn die letzten fünf Wochen ohne Alkohol waren ihm anzumerken, und vor allem, anzusehen. Er hoffte durchzuhalten. Walthers ermunternde Blicke bestärkten ihn, denn er wollte unbedingt wieder eine Arbeit finden, welche ihm Freude machte und seiner Familie ein Fundament an sozialer Sicherheit bot.

»Wir erwarten heute Besuch!«, erklärte Walther. »Ich hätte es vielleicht vorher mit euch absprechen sollen ... er müsste in Kürze eintreffen.« Moni, Kurt und Sebastian schauten sich erstaunt an. »Wer kommt uns denn besuchen, Opa?«, fragte Sebastian. »Wir bekommen Westbesuch«, erwiderte er mit einem unübersehbaren Augenzwinkern. »Wir haben gar nichts anzubieten«, bemängelte Moni besorgt. »Keine Sorge«, meinte Walther, »er wird sich hier nicht durchfuttern wollen, da bin ich ganz sicher. Er kommt nicht mit leeren Händen - wetten?«

Das Surren der Türklingel meldete den Besucher im Takt von Driiinnng dring driiinnng an. Lang-kurz-lang, es klang wie ein telegrafisches Morsezeichen. Dah dit dah, denn der Buchstabe *K* für *Kommen* wurde genau so gemorst. »Das muss Werner sein«, meinte Walther. Dann ging er zur Haustür und schaute durch den Türspion. Er erkannte nur einen Schriftzug auf dem Baumkuchen stand. Nun war klar: Sein Bruder hatte sein Ziel gefunden. »Bitte nicht erschrecken«, meinte Walther zu der hinter ihm versammelten Familie, »es ist mein Bruder!« Sebastian riss, als sich die Tür öffnete, die Augen auf. Moni faltete erstaunt ihre Hände vor ihrer Brust zusammen und Kurt wirkte sprachlos ... sagte kein Wort. Dort stand Schwiegervater Nummer zwei, denn Werner trug, wie sein Bruder, ebenfalls ein weißes Oberhemd, eine dunkle Hose sowie schwarze Schuhe. Werner betrat das Haus, zog seine Schuhe aus und folgte den Anwesenden ins Wohnzimmer.. »Halt!«, befahl Walther, »erst mal ablegen, bitte!« Monika nahm Werners Mantel entgegen und hing diesen an die Garderobe. »Komm´se«, meinte sie. Werner betrat zum zweiten Mal das Wohnzimmer. Währenddessen bemerkte er, dass er immer noch seinen Hut trug, er nahm ihn ab und stellte sich vor. Kurt und Monika Seemann schienen zu träumen, denn sie wussten aus alten Erzählungen, dass Walther seinen Bruder sowie seine Mutter im Zuge der Bombenangriffe auf Hamburg im Jahre 1943 verloren hatte. Sie wussten auch, dass Walther und sein Vater ein paar Tage vorher in die Altmark zurückgefahren waren. Vielmehr von dem erinnerten sie nicht.

Werner fing zu erzählen an. »Der Angriff riss unsere Mutter in Stücke ... und mir das Herz aus der Brust. Ich selbst hatte schmerzhafte Brandwunden erlitten, überlebte schwer verletzt und für immer gekennzeichnet. Nach dem Aufenthalt im Lazarett steckten mich die Nazis in ein Waisenhaus. Auch dieses wurde später bombardiert. Nach Kriegsende nahm mich ein britisches und kinderloses Ehepaar mit auf die Insel. In England bekam ich einen anderen Namen, lernte fleißig englisch und wurde angenommen. Sie nannten mich *East, East* für Ost, versteht ihr? So wurde ich zu East Smith! Meine neuen Eltern gingen mit mir 1951 nach Deutschland zurück. Frau Smith fing zuerst beim *BFN*, dem *British-Forces-Network,* also einem Alliierten Soldatensender, an zu arbeiten. Wir wohnten in Hamburg, denn von dort kamen damals die Sendungen. Mr. Smith kam etwas später als Tontechniker ebenfalls zum *BFN*. Im Jahre 1954 zogen meine Zieh-Eltern berufsbedingt nach Köln um. Ich selbst blieb in Hamburg, bekam meinen alten Namen und einen gültigen deutschen Pass zurück. Da ich neben meiner Muttersprache auch etwas russisch verstand und fließend englisch sprach, gaben sie mir die Möglichkeit, mich in der neuaufgestellten Bundeswehr zu bewähren. Meine Mutter und meinen Bruder habe ich immer vermisst. Sollte ich nach meinem Zwillingsbruder suchen oder suchen lassen? Ich zögerte, denn in die sogenannte Ostzone durften wir keinesfalls. Das war damals unmöglich, da uns klar war, dass es in der SBZ nur so von Rotarmisten wimmelte und die DDR bald eigene Streitkräfte aufstellen würde. 1956 war es so weit. Die NVA, die Nationale Volksarmee wurde offiziell gegründet. Ein neuer ideologischer Krieg, der Kalte Krieg, begann. Gegen Ende der 60er Jahre versetzte mich die Bundeswehr von Hamburg nach Lüneburg. Nun hatte ich den *Eisernen Vorhang* direkt vor meinen Augen. Das war schon ein komisches Gefühl, das könnt ihr mir glauben. Meine alte Heimat, die Altmark, war unerreichbar und doch zum Greifen nahe. Wie gern wäre ich zum Arendsee gefahren oder nach Seehausen oder Osterburg. Keine Chance - unmöglich. Ja, so war das damals! In Lüneburg hörte ich oft die Radiosendungen, die gelegentlich von meiner Ziehmutter moderiert wurden. Der Sender hieß jetzt *BFBS*. Er war bei uns jungen Leuten sehr beliebt, da er stets die neuesten Hits präsentierte. Die Moderationen waren immer sehr locker und modern, und kein Vergleich zu den amerikanischen Soldatensendern, die in der Regel nur durch Soldaten produziert wurden und eben nicht durch Zivilisten zustande kamen. Das war eine sehr, sehr schöne Zeit für mich, da ich den Kontakt zu meinen Zieheltern nie verlor. Den Rest erzähle ich gerne später, wenn ihr mögt!«

»Ich habe dir im Reichskanzler ein Zimmer reserviert«, meinte Walther. »Wir werden morgen ein wenig die Gegend erkunden, einverstanden, Bruderherz?«, dabei besprechen wir auch alles Weitere!« Werner stand auf, öffnete den mitgebrachten Leinenbeutel und zauberte einen dreistufigen original Salzwedeler Baumkuchen hervor. »Purer Goldstaub«, entwich es Kurt. »Du hast genau ins Schwarze getroffen ... oder was meint ihr?«, fragte er in die Runde. »Ich habe euch doch versichert, dass unser Besuch nicht mit leeren Händen aufkreuzt«, wiederholte Walther. Alle nickten. Werner reichte den Baumkuchen an Moni weiter, die mit selbigem in der Küche verschwand, um ihn fachgerecht in halbmondförmige Stückchen zu schneiden, da man nur so - wie bei einem echten Baum - die Jahresringe sehen kann. Moni brachte die Kuchenteller, während nebenan der Kaffee durchlief. Sie hatte für solche Gelegenheiten immer ein paar Kaffeefilter vorrätig. »Für mich bitte türkisch!«, bat Kurt. »Türkisch?«, fragte Werner nach, »was ist denn damit gemeint?« Moni nahm Werner mit in die Küche. »Ich zeige es dir. Man muss es gesehen haben, ansonsten stört später der Kaffeesatz beim Trinken. Sieh mal ... Kaffeepulver in die Tasse geben und anbrühen. Dabei ist darauf zu achten, dass die Tasse oder der Becher höchstens bis zu einem Drittel gefüllt wird. Dann heißt es abwarten! Nach frühestens drei Minuten das restliche Wasser auffüllen, dann bleibt der Kaffeesatz unten und gerät nicht an die Lippen.« »Oh«, meinte Werner, »das ist ja interessant. Bei uns hat man den Kaffee in den 50ern und 60ern - noch bevor die Kaffeemaschinen erschwinglich wurden - durch Papierfilter laufen lassen. Manchmal gaben wir auch eine Prise Speisesalz dazu.« Werner nippte an seinem Türken, »nicht übel«, meinte er, dann wandten sich alle Beteiligten anderen familiären Themen zu.

Schlammhausen

Am nächsten Morgen holte Walther seinen Bruder wie vereinbart ab. Sie fuhren ein wenig umher, wobei Walther zu bestimmten Objekten Hinweise gab. Ihr Weg führte sie zur ehemaligen MfS-Kreisdienststelle und zum *WKK*, demehemaligen Wehrkreiskommando, welches vor Jahrzehnten bereits als MfS-KD genutzt wurde. In einem Wohngebiet machten sie halt. »Sind wir schon in Wladiwostok?«, fragte Werner grinsend. »Ja, könnte man meinen«, erwiderte Walther » ... hast du denn das Ortseingangsschild nicht gesehen?« Beide mussten lachen. »Wir nennen diesen Teil der Stadt liebevoll *Schlammhausen.*« »Was wollen wir hier?«, fragte Werner. »Nun«, ergänzte Walther, »wir gehen auf Wohnungssuche. Der Hausmeister wird uns gleich ein paar leerstehende und sehr preisgünstige Wohnungen zeigen. Ich denke, eine Zweiraumwohnung wird für unsere Zwecke ausreichen, und du mein lieber Werner, wirst der neue Mieter werden. Hier werden die MfS-Akten eine neue Heimat finden, schön versteckt und unter Verschluss, versteht sich. Um die Miete und die Nebenkosten brauchst du dich erst einmal nicht kümmern ... das habe ich bereits mit Jutta Taler abgesprochen. Jutta ist eine gute Bekannte von mir und derzeit für die Vergabe der Wohnungen zuständig. Sie ist freundlich, aber bestimmend. Du wirst schon mit ihr klarkommen, denke ich. Ich werde euch miteinander bekannt machen.«Ein grauer Trabi samt Klaufix hielt neben ihnen. Der Fahrer desselben drehte die Seitenscheibe herunter und fragte mit einem erwartungsvollen Blick: »Sind Sie die Herren, die eine Wohnung besichtigen möchten?« Walther nickte bestätigend. Der beleibte Trabifahrer stieg aus und stellte sich mit »mein Name ist Schultze, Schultze mit e« vor, und trabte voraus. Die Herzberg Brüder eilten hinterher. Werner suchte, nachdem alle drei den Wohnblock betreten hatten, im Flur nach einem - augenscheinlich nicht vorhandenem - Fahrstuhl. »Kein Aufzug?«, entwich es ihm. »Kein Fahrstuhl, dafür aber günstig«, reflektierte der Beleibte. Der Hausmeister war zwar dicklich, jedoch erstaunlich sportlich. Er nahm die Treppenstufen wie eine Gams im Tatra-Gebirge, sodass die Herzbergbrüder ins Schwitzen gerieten. Walther kam als Letzter oben an. Eine passable Zweiraumwohnung war schnell ausgemacht, sogar mit Balkon und Blick auf die neue Umgehungsstraße. »Das Schriftliche erledigen Sie bitte mit Frau Taler, in Ordnung?«, meinte Mr. Trabi. Walther entschied, dass es nun an der Zeit wäre, den geordneten Rückzug anzutreten - und so kam es.

Die Herzbergbrüder zogen am Folgetag in den Krieg, in den Papierkrieg. Alle erforderlichen Dokumente waren vollständig, sodass Jutta Taler - zu aller Zufriedenheit - den Mietvertrag unterschrieb. Die Begegnung verlief herzlich und dem kurzfristigen Bezug der Wohnung stand nichts im

Wege ... von dem fehlenden Fahrstuhl einmal abgesehen. Mitte Januar 1991 konnten die restlichen Malerarbeiten beendet werden. Umzugskisten wurden verladen, Möbel aufgebaut. Walthers Stasiakten bekam niemand zu Gesicht. Dies wurde alles unter Beachtung der Konspiration vorbereitet und umgesetzt. Die Akten platzierte man im unteren Drittel der Kartons. Oben drauf lagen. Haushaltsgegenstände, Bücher oder sonstige Dinge des täglichen Gebrauchs. Den fehlenden Fahrstuhl ersetzten langjährige Freunde und Helfer mittels Förderband, welches von außen bis an den Balkon reichte. Sach- und Kaderakten wiegen schwer, nicht nur deren Inhalte, von denen niemand - außer Walther, Sebastian und Werner etwas zu ahnen schien. Walther freute sich diebisch über dieses Husarenstück. Er konnte allen neugierigen Nachfragen, was denn sein Bruder als Lüneburger, mit einer Wohnung in Osterburg bezwecke, plausibel entgegenwirken. Er stellte klar, dass sein Zwillingsbruder jetzt als Pensionär seinem Hobby - dem Fotografieren - nachkommen wolle. Werner hätte nun die allerbesten Bedingungen, um seine Alte, neu zu entdeckende Heimat in Bild und Text festzuhalten. Dies leuchtete letztendlich jedem Zweifler ein, denn er war nur temporär ein Wessi. Er galt bald als einer von ihnen, als einer von hier.

Der Sensenmann

Walther litt unter seiner Krankheit, denn der blutige Auswurf und die krampfartigen Hustenanfälle traten deutlich heftiger und vor allem, in immer kürzeren Intervallen auf. Die Morphine, die ihm sein alter Freund Dr. Steiner beschaffte, halfen ihm, nahezu schmerzfrei zu bleiben, doch die täglichen Dosen mussten regelmäßig erhöht werden.

Anfang März 1991 fuhr Doktor Steiner seinen Schachrivalen erneut in die Berliner Charité. Walthers Blutwerte kamen einer ausgewachsenen Katastrophe nahe. Die dortigen Ärzte gaben Dr. Steiner wertvolle Begleittipps bezüglich Walthers Gesundheitszustand mit auf den Weg. Eine Woche später nahm Walther all seine mentalen Kräfte zusammen und bat um eine Familienaudienz. In dieser Runde machte er seiner Tochter Monika, seinem Schwiegersohn - unter Tränen - auch Bastian deutlich, dass nun der richtige Zeitpunkt bevorstünde, um Lebewohl zu sagen. Was niemand ahnen konnte, war, dass Walther einen Sterbebegleiter fand, denn er wollte nicht mittels einer 9-mm-Kugel aus seiner unterschlagenen Makarow sterben! So ein Finale wollte er nicht hinlegen. Er entschied sich, zum geeigneten Zeitpunkt, für einen Mix aus Morphinen und einer Überdosis Blutverdünner. Der Familienbeirat war sich einig. Im Fall der Fälle würden sie Dr. Steiner verständigen und für die Ausstellung des Totenscheins bitten. Dies war

Walther wichtig. Niemand würde erfahren, dass er einen Suizid vorzog, da er niemals zu einem Pflegefall werden wollte.

Werner bekam seines Bruders Makarow-Pistole mit warmer Hand übergeben. Walther schlief ein, ganz ruhig, und wissend, dass ihm sein Enkel Bastian seinen sehnlichsten Wunsch erfüllen würde und nun, seinen eigenen Weg gehen muss.

ENDE

Danksagung

Mein besonderer Dank gilt:

Meiner Lebensgefährtin Kerstin Rathmann für ihre unerschöpfliche Geduld

Frau Uta Harlfinger (Lektorat)

Informations- und Wissenschaftsfreiheit haben hier Vorrang

Landgericht München I, Urteil vom 15.04.2009

- 9 O 1277/09 -

„Vor diesem Hintergrund muss das grundsätzlich anerkennenswerte Interesse des Klägers an Anonymität ... hinter die durch die allgemeine Meinungsfreiheit, die Informationsfreiheit und die Wissenschaftsfreiheit geschützten Interessen des Beklagten zurücktreten. Die Aufarbeitung historischer Ereignisse und die Ermittlung der geschichtlichen Wahrheit, wie sie unabdingbare Voraussetzung der freiheitlich-demokratischen Grundordnung und eines jeden freien und pluralistischen Gemeinwesens sind, würden in nicht hinnehmbarem Maße zurückgedrängt, wenn über historische und geschichtlich bedeutsame Ereignisse nicht voll umfänglich berichtet werden dürfte. Dies schließt die Veröffentlichung von Bildern und – soweit Personen sprichwörtlich Geschichte machen – Bildnissen mit ein. Im vorliegenden Fall ist es gerade auch nicht so, dass die Person des Klägers für die historische Aufarbeitung irrelevant wäre, so dass sein Recht auf Anonymität die Publikationsinteressen des Beklagten und die Informationsinteressen der Allgemeinheit überwiegen würde: Gerade die Besonderheit des

Augenblicks und die „Funktion", die der Kläger seinerzeit eingenommen hatte, lassen die Veröffentlichung seines Bildnisses als gerechtfertigt erscheinen."

Gleiches gilt nach dem Urteil auch für die Namensnennung: Man darf das historische Foto also nicht nur zeigen, sondern auch sagen, wer und was darauf zu sehen ist.

Forschungsgruppe-Politik

Wichtige Inoffizielle Mitarbeiter des Ministeriums für Staatssicherheit – Kreisdienststelle Osterburg

Forschungsergebnisse: Ernst Bornemann

2012-2017

Deckname	Klarname	Geburtsdatum
Helmut Lange	Lüttschwager, Günther	23.05.1941
Schule	Palme, Adolf	26.04.1929
Harry Sylvester	Jentsch, Siegmar	29.07.1944
Klaus Sperling	Wißweh, Georg	18.11.1939
Disponent	Plota, Josef	15.12.1914
Meister	Parkitny, Wolfgang	08.01.1941
Günter	Dahlenburg, Dieter	07.02.1939
Günter Seemann	Dahlenburg, Dieter	07.02.1939
Rolf	Kamp, Rainer	05.12.1944
Peter	Krock, Rolf	07.12.1925
Anton	Lange, Lothar	03.05.1941
Brille	Gisske, Winfried	31.03.1932
Ernst	Kiehn, Ernst	05.04.1932
Dora Fuchs	Jentsch, Elke, geborene Nielsen	15.06.1943
Dr. Günter	Paudler, Günter	08.01.1933
Dr. Richard Hansen	Neuendorf, Konrad	15.06.1941
Helga Kühn	Otte, Rose-Marie	21.09.1935
Dora Kurz	Giffei, Ruth, geborene Manig	14.07.1927
Ina Marten	Mombrei, Christine, geborene Schiffke	10.03.1953
(Dr.) Vera Schmidt	Hartländer, Christa, geborene Adam	07.04.1944
Steinbock	Baum, Ullrich	13.01.1957
Maria Troll	Johannes, Sabine, geborene Kegel	26.02.1949
Anja Wiemer	Jaeger, Brigitte, geborene Jatzkowski	07.06.1950
Heiko Sessel	Popilas, Dieter	15.09.1928

Christa Kugel	Kausch, Ingeburg, geborene Schwenke	16.12.1928
Else Wegner	Nahrendorf, Marianne	18.03.1935
Wolfgang Fuchs	Thieleke, Erhard	30.09.1937
Gitta Plank (Blank)	Arndt, Paul	17.01.1948
Sonja Schmidt	Haberlag, Marlies geborene Bredin	12.05.1957
Egon Fischer	Pohlmann, Hermann	27.01.1935
Michael Rose	Ernst, Rolf	29.09.1945
Berlin	Steinke, Inge	20.02.1939
Lok	König, Heinz	26.09.1930
Dieter Poet	Räßler, Günter	11.05.1948
Toni (Toni Seiler)	Neumann, Heinz	02.11.1937
Willi Merkel	Winkler, Manfred	11.11.1929
Aernicke	Schramm, Dieter	18.08.1944
Kahn	Bursy, Walter	04.02.1950
Klaus Schneider	Willberg, Hartmut	30.05.1942
Jürgen Hohmann	Habelt, Josef Gustav	03.11.1936
Karl Meier	Fitzner, Horst	06.02.1936
Brücke	Theek, Hermann	01.06.1910
Werner Hecht	Nazar, Günter	17.08.1928
Angler		
Wolf	Schulz, Wolfgang	08.01.1945
Hans Lemke	Lansmann, Kurt	15.02.1948
Wolfgang Prietzel	Klotz, Klaus	15.11.1945
Dieter Förster	Jalip, Günter	26.06.1938
Thiemann	Seifert, Herbert	
August Olschewski	Bilitza, Dietmar	04.02.1933
Horst Müller	Topf, Gerhard	25.06.1928
Optik	Schwarz, Lothar	12.11.1946
Kiebitz	Scholz, Martin	09.11.1933
Rolf Maurer	Steinke, Rüdiger	22.02.1960
Hans Schach	Rokohl, Heinz	22.12.1918
Willi Müller	Ladewig, Heinz	10.09.1940
Badestrand	Pohlmann, Werner	29.06.1938
Jäger	Hilgenfeld, Willi	

Junger Pionier	Ehrhardt, Georg	13.05.1930
Kurt Bockler	Schulze, Günter	14.04.1935
Hans Peter	Schrader, Herbert	18.11.1928
Siegmar Schmidt	Schütte, Wilhelm	06.03.1938
Paul	Pohlmann, Manfred	27.05.1946
Lutz Bauer	Feldner, Rolf	07.05.1955
Ernst Wolff	Burde, Elard	25.12.1912
Schule	Palme, Adolf	26.04.1929
Peter Radke	Schulz, Hans-Joachim	02.04.1944
Pilot		
Mechaniker	Hauptvogel, Egbert	17.03.1950
Uwe Fischer	Purps, Joachim	24.02.1950